UN MILLIARDAIRE SINON RIEN, TOME 4

JULIA KENT

Inscrivez-vous à ma newsletter pour tout savoir des parutions et des promotions, sur https://geni.us/FRJKnl

UN MILLIARDAIRE SINON RIEN, TOME 4

Une dispute déroutante, une voiture couverte de détritus et une mère qui partage son passé d'« effeuilleuse » conduisent Shannon au bord de la folie.

Quand sa visite mystère tant attendue dans un hôtel de luxe provoque un nouvel incident dans les toilettes, c'est Declan qui vient à sa rescousse… mais vont-ils se jeter à l'eau ?

La série à succès de Julia Kent, *Un Milliardaire sinon rien*, classée parmi les meilleures ventes du *New York Times* continue. Amour, passion et hilarité sont encore et toujours au rendez-vous.

CHAPITRE 1

L e texto de Declan dit :

On va parler.

— C'est tout ? m'étouffé-je.

Amanda ferme lentement les yeux, comme on abaisserait les paupières d'un défunt. C'est la réaction appropriée. J'ai l'impression que quelqu'un vient de mourir. Je suis censée prendre une douche et me préparer pour le travail, mais comment s'y résoudre quand votre vie entière est en train d'imploser ?

— Il a répondu, au moins.

Elle s'introduit derrière le rideau de douche et fait couler l'eau pour moi. Une part de moi se sent infantilisée. Je peux faire couler ma propre eau. Je n'ai pas besoin d'aide. Je sais comment utiliser une douche.

Une autre partie de moi se sent impuissante et rongée par une sorte de blocage émotionnel cryogénique qui me rend inutile. Elle quitte la pièce et montre doucement le téléphone du doigt.

— Réponds-lui.

La porte se ferme comme ses paupières il y a un instant, mais Chatounet réussit à se glisser dans l'interstice d'un centimètre au moment où Amanda s'en va. Les chats n'accompagnaient-ils pas les pharaons des temps anciens dans leurs cryptes funéraires ?

Quelque chose est en train de mourir en ce moment, et alors qu'il se blottit contre mes chevilles sans miauler, me réconfortant de sa présence calme et sereine, je me sens profondément perturbée. Chatounet est gentil avec moi ?

L'heure est grave.

Mes doigts tremblent alors que je prends mon téléphone et que je fixe son maigre texto. Trois mots. J'ai le droit à trois petits mots ? Rien sur le cybercauchemar qui a fait de ma vie réelle un champ de mines émotionnel.

Juste… On va parler.

Je réponds :

D'accord. À bientôt.

J'appuie sur Envoyer. Mes doigts tremblent tellement qu'ils pourraient servir de prototype de sex-toy.

Pendant que je gesticule et que je me rince les cheveux et le corps, il a eu amplement le temps de me répondre.

Négatif. Pas de texto.

Je me sens comme paralysée. Je me demande comment nous avons pu passer des bons moments que nous partagions à ce froid arctique, sans la moindre explication. Pas même une pseudo-explication. Nous dansons sur du verre brisé et prétendons que ça ne fait pas mal. Nous ignorons la rivière de sang qui lubrifie la douleur. Seulement, je suis peut-être la seule à ressentir cette douleur. Peut-être que ce n'était rien pour lui. Juste une passade. Je suis quelqu'un avec qui il couchait, et tout ce qu'il nous reste, c'est la conversation de rupture avec le traditionnel « Ce n'est pas toi, c'est moi… » où il s'en va et où je me désagrège en mille éclats de verre.

Qu'il écrase de ses pieds ensanglantés.

Je ne pense pas réellement qu'il soit si froid. En fait, c'est tout le contraire : l'homme que j'ai appris à connaître au cours du mois dernier n'a rien à voir avec celui qui réagit ainsi. Deux hommes différents. Ou deux facettes différentes d'un même homme ? Pourquoi suis-je toujours aussi surprise lorsque les gens montrent une autre facette d'eux-mêmes ?

On pourrait penser que je ne serais plus aussi naïve, aussi gamine, aussi choquée quand quelqu'un change. Je suppose que c'est parce que je ne change pas. Je suis ce que je suis (qui que ce soit...) et je suis ce que Josh appelle un WYSIWYG – ce que vous voyez est ce que vous obtenez. Pas de petits caractères cachés.

Mais peut-être que pour Declan, je suis un WYSINWYW – ce que vous voyez n'est pas ce que vous voulez.

Je dois m'isoler avec lui et crever l'abcès, pour en finir avec les non-dits. Mais comment faire quand vous ne savez même pas ce que l'autre personne pense ? Je ne lis pas dans les pensées. Et je n'aimerais pas du tout, *beurk*. Vous imaginez à quelle vitesse vous découvririez que le monde entier est perverti ?

Et critique ?

Il y a bien assez de perversion et de jugement du côté de ma mère, merci. Ça me suffit amplement. Si j'avais un super pouvoir, je ne choisirais pas de lire dans les pensées. Je préférerais avoir un clitoris à l'intérieur de mon vagin tant qu'à faire.

Ça, ce serait un superpouvoir.

Pourtant, quand je demande à Declan ce qui se passe, j'obtiens un *On va parler*. Son brusque passage à une température négative commence à ressembler à un gros problème au niveau du Gulf Stream.

Les hommes. On ne peut pas vivre avec eux, on ne peut pas leur enfoncer un EpiPen dans l'aine et les garder.

— Tu es prête ? me lance Amanda alors que je m'essuie les cheveux.

— Tu es toujours là ?

— Je me suis dit que je te conduirais à la réunion.

— Parce que tu penses que je ne peux pas conduire ?

— Parce que je pense que ça va être difficile.

Je me demande pendant une fraction de seconde pourquoi tout le monde pense que je suis une poupée de porcelaine fragile. Puis je me rends compte que je le suis. En ce moment, du moins.

— OK, m'écrié-je. Mais on prend ta voiture. Si je dois me faire larguer, ce ne sera pas dans la Cacamobile.

— On garde ses valeurs, quand même, répond-elle en riant.

J'AI L'IMPRESSION DE VIVRE DANS UNE CHAMBRE froide.

Et la climatisation n'est même pas allumée.

Malheureusement, Declan n'a jamais répondu à mon SMS. Aucune trace de lui non plus dans le couloir où je me suis attardée comme une élève de cinquième espérant tomber sur son béguin devant le placard de rangement des instruments de l'orchestre.

(Quoi ? Comme si vous n'aviez jamais fait ça…)

Les acteurs sont les mêmes, mais le film a changé. James et Andrew sont assis d'un côté de la table. Un verre d'eau trône devant une troisième chaise vide. Amanda, Greg et moi sommes de l'autre côté. Pas la moindre tension ; James et Greg échangent cordialement quand Amanda et moi les rejoignons. Greg est d'abord venu régler quelques détails, et maintenant le spectacle en lui-même peut commencer.

Sans Declan.

Andrew me regarde de façon impénétrable. Je n'arrive pas à savoir s'il est au courant de l'affaire Jessica Trouduc Coffin, et s'il l'est, ce qu'il en pense. Il ressemble à Declan, dans une version légèrement plus sombre, avec la même structure osseuse, une mâchoire qui peut être dure et résolue quand elle exprime la colère ou la fermeté aussi bien qu'elle peut être douce et agréable lorsqu'il affiche un sourire.

Mais ils sont tous deux impassibles dans le cadre professionnel, et je soupçonne Andrew de tenir de son père. James a tout le temps l'air consterné. Comme si tout le monde allait le décevoir de toute façon, alors pourquoi s'en préoccuper ?

Comme si je l'avais dit à haute voix, McCormick senior plonge ses yeux dans les miens, me regardant longuement. Il plisse les yeux, et ressemble ainsi tellement à Declan que je ressens une étrange sensation d'oppression dans ma poitrine. Pas un choc anaphylactique, mais quelque chose qui s'en rapproche. Ce doit être l'impression de me faire arracher mes organes en raison de ma propre stupidité.

À commencer par mon cœur.

James ouvre la séance. Amanda et moi échangeons des regards frénétiques destinés à transmettre une question singulière :

Ai-je vraiment couché avec un milliardaire dans une limousine, puis tout gâché en faisant semblant d'être gay devant la mère de mon ex, qui s'est tournée vers la diablesse des réseaux sociaux pour tenter de récupérer les couilles de son fils ?

Et la réponse est :

En gros, oui.

Les machines à remonter le temps sont *tellement* sous-estimées. Si j'en avais une et qu'on me donnait une chance de remonter le temps et de réparer tout ce que je veux, je reviendrais au moment où Greg a annoncé ces visites mystères dans des coopératives de crédits pour évaluer les préjugés à l'encontre des homosexuels, et je dirais *non*.

(Oui, je sais que je suis censée dire que je retournerais dans le passé et que je tuerais Hitler ou que j'empêcherais Jeanne d'Arc de brûler, mais je suis un peu superficielle en ce moment.)

Je n'ai pas de machine à remonter le temps. Il n'y a pas de gouffre géant pour m'engloutir. Même pas un chat psychotique pour pisser sur le pied de James et me donner une raison de m'échapper. Seulement...

Declan.

Il entre dans la pièce et adresse un sourire aimable à l'assemblée. Mais ses yeux sont si glacés qu'ils permettraient de conserver des bières au froid dans une glacière pendant tout un week-end.

— Veuillez m'excuser pour le retard. J'ai été retenu.

— À t'entendre, on dirait que tu n'avais pas le choix, fiston, dit James en riant.

Andrew et Declan échangent un regard qui me rappelle Amanda et moi, sans les chorégraphies des lèvres ou les grimaces.

— C'est l'impression que j'ai eue, grogne Declan.

James se penche en arrière, comme s'il était sur un trône ; le combat de coqs est sur le point de commencer.

— Si tu dois diriger l'ensemble du département marketing d'une société internationale, tu dois accepter que dans certaines cultures, on gère les déjeuners d'affaires standard de manière très différente.

Il adresse un clin d'œil complice à Greg.

Greg lui rend son clin d'œil comme une drag queen avec un faux-cil coincé.

— De manière très différente.

Il essaie de s'intégrer, et je le sais, mais ma sympathie va aux femmes dont le visage est plaqué contre le plafond de verre du monde de l'entreprise, avec des cache-tétons écrasés de l'autre côté de la vitre tandis que nous essayons tous de faire comme s'il n'y avait rien à voir.

— Tous les professionnels du marketing sont-ils concernés par ces « déjeuners d'affaires » ?

J'essaie de conserver une voix aussi égale que possible, mais même moi, je détecte le caractère officiel que j'y mets. Amanda me lance un regard perçant, tandis que Greg se frotte la bouche comme s'il y avait quelque chose dedans. Son pied, peut-être.

Declan est en train de sortir des dossiers de sa mallette, mais alors que ma voix s'élève, il ralentit le mouvement et ses lèvres se tordent. Ah, ah ! Touché ! Je ne suis pas jalouse – peu importe ce que signifient « déjeuners d'affaires standard » et « certaines cultures » dans leur langage codé. Je m'imagine des strip-teaseuses accompagnant des filets saignants de près de 500 g, avec la sauce au beurre pour leur homard versée sur des poitrines refaites sur scène.

James et Declan échangent un long regard. Declan fait un signe de tête, par respect ou – peut-être – pour permettre au vieil homme de se ridiculiser.

Quoi qu'il en soit, c'est sur le point de devenir réel.

Et il fait soudain encore plus froid dans la pièce.

— Je dirais que tous les vice-présidents du marketing qui travaillent avec un éventail de clients internationaux se retrouvent embarqués dans une expédition plus... licencieuse au moins une ou deux fois dans leur carrière.

Le sourire arrogant de James ressemble à une caricature de Declan.

— Plus vous volez haut, plus vous êtes prêt à déployer d'efforts pour plaire à un client et conclure l'affaire.

Greg a l'air malade. *Je suis* celle qui conclut. Qu'est-ce que ça signifie ? Dois-je cultiver le goût de la pole dance ?

— Et une femme vice-présidente ? Est-elle censée assister à un... – Je découpe soigneusement mes mots, et je les recrache sans les mâcher à un rythme effréné. – « déjeuner d'affaires standard » li-cen-cieux, qui, je suppose, implique prostituées et coke ?

Andrew, qui venait de prendre une gorgée d'eau, la recrache comme dans un clip de Jimmy Fallon. La majeure partie du liquide est projetée sur le décolleté d'Amanda, de l'autre côté de la table. Elle se lève d'un bond.

Il est tellement plus facile de s'attaquer à la connerie du client que de chercher à comprendre les sous-entendus dans la pièce, et James offre un combustible formidable à mon côté moralisateur. C'est bien plus facile que de gérer ma poitrine serrée à l'idée d'avoir perdu Declan, qui a réussi à éviter tout contact visuel avec moi.

— Je ne pense pas que vous soyez en mesure de commenter la grivoiserie et les relations d'affaires, Mme Jacoby.

Les yeux de James sont ceux d'un faucon fondant sur sa proie pour la tuer.

— Comment s'est passé ce vol en hélicoptère, fiston

Il ne regarde pas Declan. Ses yeux sont rivés sur moi.

Tout l'oxygène de la pièce disparaît, ainsi que tout espoir d'une relation avec Declan ou d'une carrière pour moi dans les grandes entreprises de Boston. J'ai désormais le choix. Je peux faire marche arrière et rentrer chez moi, pleurer, manger pot de glace sur pot de glace et me gaver de soupe Hot 'n Sour comme si elle s'apprêtait à être interdite, comme la sauce Sriracha, ou je peux tenir tête au grand méchant PDG qui a décidé que j'étais une fourmi et que ses paroles étaient une loupe dans un beau coin ensoleillé.

— Papa.

Un seul mot. Le seul mot de Declan est une bombe nucléaire. La chaleur irradiant de la colère de Declan pourrait garder au chaud pour l'hiver un petit village du Groenland.

— Oh, allez, Dec. Le chauffeur et le pilote me l'ont dit. Ce n'est pas comme si elle était *vraiment* la lesbienne que les gens dépeignent sur cette perle de Twitter.

Andrew s'essuie le visage avec un mouchoir et en offre un à Amanda tout en lui adressant un regard spéculatif auquel je prêterais normalement beaucoup plus attention, mais mon âme est en train de mourir, donc je suis un peu distraite. Où est ma mère ? J'aurais bien besoin d'une bonne histoire de plug anal en ce moment. J'accepterais même les crêpages de chignons nonagénaires d'Agnès et Corrine.

— Bien joué, Mme Jacoby.

Il se penche en avant sur la table.

— Je sais, d'après les descriptions élogieuses que Declan a faites de vous, que vous êtes à peu près aussi gay que moi je suis pauvre. J'en déduis que vous avez su garder votre couverture pour pouvoir mener à bien la mission qui vous a été attribuée par le client.

— Quel est le rapport avec tout ça ?

La voix de Declan pourrait tailler des diamants.

— Cela signifie qu'elle est la candidate idéale pour de l'espionnage industriel.

CHAPITRE 2

C'est au tour de Greg de recracher son eau.

— C'est comme ça que les gourous des affaires désignent les visites mystères de nos jours ?

James rit. Comment cet homme peut-il rire alors qu'il a réussi à s'aliéner ou à énerver toutes les personnes présentes dans la pièce, à l'exception d'Andrew, qui semble essayer de déterminer s'il doit se renfermer, être énervé ou reluquer le décolleté de la blouse en soie d'Amanda ?

Pour info, son pénis semble l'emporter.

Un trait de famille.

Attendez un peu. James sait que j'ai couché avec Declan dans la limousine et dans l'hélicoptère, et tant qu'à faire, n'oublions pas la partie dans le phare. Il est au courant de la visite mystère à la coopérative de crédit, et il sait pour Amanda et moi. Il est au courant de la pagaille créée par Jessica sur Twitter. Y a-t-il quelque chose qui échappe à cet homme ?

— Non, Greg. Par « espionnage industriel », je veux dire que j'aimerais proposer à Mme Jacoby d'aller évaluer The Fort…

Devant l'expression horrifiée d'Amanda, Andrew se redresse en même temps que la poitrine de la jeune femme.

— Et aussi Le Chateau.

Elle se met à hurler. Son cri conserve un ton relativement professionnel, mais quand bien même.

— Mais c'est votre concurrent ! Pourquoi irait-elle faire des visites mys – oh…

Elle reprend ses esprits aussi vite qu'elle est devenue livide. C'est impressionnant, et j'apprécierais davantage son talent si Declan ne me déchirait pas le cœur.

Elle griffonne furieusement, puis ses mots sortent comme les balles d'une mitrailleuse.

— En faisant évaluer deux propriétés haut de gamme par la même personne, on obtient une bonne idée des défauts et des points forts de chacune.

— En effet. Et nous avons besoin de quelqu'un qui puisse garder sa couverture, dit James sur un ton cordial qui me fait douter de ma santé mentale.

Ce n'était pas un vrai connard il y a quelques instants ? Comment suivre le fil si le méchant change sans cesse de personnalité ?

— *Moi aussi*, j'ai protégé ma couverture, marmonne Amanda.

Greg lui lance un regard mauvais. Amanda le fusille du regard. Il blêmit.

— C'est vrai, fait remarquer James. Et une fois que Shannon aura évalué avec succès les deux propriétés, vous pourrez être la prochaine évaluatrice, dans trois mois. Votre propre maîtrise n'est pas passée inaperçue.

— Mais vous n'êtes pas vraiment gay, n'est-ce pas ? laisse échapper Andrew, les yeux rivés sur les seins d'Amanda.

Gênant.

James roule des yeux.

— Mes fils doivent recommencer leur formation sur le harcèlement sexuel, à ce que je vois.

— Ce n'est pas du harcèlement sexuel, disons Declan et moi à l'unisson.

Oh, mon Dieu. Il comprend. Il comprend ! Je ferme les yeux et j'inspire lentement, puis je les ouvre pour lui adresser un grand sourire amical, chaleureux et affectueux.

Ses yeux verts sont comme des glaçons.

Euh.

— Tout ça est peu conventionnel, j'en conviens, ajoute James, qui pousse les contrats vers Greg. Mais Mme Jacoby n'est pas une entité connue dans les cercles que nous fréquentons…

Traduction : je ne suis personne, donc il n'a pas à s'inquiéter que je sois reconnue dans la propriété de luxe d'un concurrent, même si Jessica a tweeté à mon sujet et que tous les curieux du cyberespace de Boston connaissent mon nom.

— Et j'espère que les évaluations nous donneront des indications précieuses pour acquérir un avantage concurrentiel.

— En d'autres termes, vous me donnez plus de responsabilités, et vous élargissez le contrat avec Consolidated Evalu-shop ? demandé-je, et cette fois, ce sont mes yeux qui sont rivés sur Declan tandis que je pose la question à James.

— Oui, répond Declan à la place de James. Tu es très douée pour vivre une double vie et pour mentir. Tu auras du succès en affaires.

Il détourne les yeux

Non. Non non non non non non.

Amanda pivote et tousse, la tension prenant le dessus. Les yeux d'Andrew passent de Declan à moi, puis s'attardent sur la poitrine d'Amanda et s'arrêtent sur son père. Greg a juste l'air constipé, les sourcils froncés comme une chenille en chaleur, alors qu'il passe en revue des contrats qui ont été relus tant de fois qu'ils pourraient aussi bien être la Bible.

— Et, ajoute James, en mettant des dossiers dans sa mallette, en ayant clairement terminé, comment vont les affaires ?

La pique envoyée depuis le glacier qui lui sert de cœur touche sa cible avec une précision infaillible. C'est ce que Jessica a tweeté à Declan.

— Je peux te parler dans le couloir ? lui glissé-je, en saisissant son avant-bras.

Il se transforme en statue de marbre, même si l'émotion se lit dans ses yeux. Sa pomme d'Adam s'agite lorsqu'il déglutit, et ses muscles raides émettent des signaux contradictoires.

— Si tu veux.

Il me serre la main, mais pas avec colère. Plus avec une froide précision. Quelque part, c'est même pire.

— Nous allons terminer les négociations, dit James, les yeux brillants, comme s'il avait accompli quelque chose. Et c'est bon de vous voir, Mme Jacoby. D'après Declan, aux dernières nouvelles, vous étiez clouée au lit.

Une autre blague sexuelle ? Il se moque de moi ? Ma langue se délie, prête à le fouetter, et le vénérable James McCormick a la décence de devenir rouge de honte et de faire machine arrière.

— Je parlais de votre réaction allergique aux piqûres. Quand vous étiez à l'hôpital. Dans un lit d'hôpital, bafouille-t-il. Mon fils était très inquiet.

— Votre fils est la seule raison pour laquelle je suis ici, dis-je avec douceur.

Toute trace d'amusement a disparu de son visage, remplacé par une sorte de tristesse. Son corps est crispé et détendu à la fois, comme s'il n'arrivait pas à se décider.

Mais le contrôle et l'autorité reprennent le dessus alors que son masque réapparaît et qu'il se détourne de moi avec un air de mépris.

— Je suis content que Declan ait su faire ce qu'il fallait dans une situation de crise. Cela prouve qu'il a mûri.

Andrew tourne la tête vers son père, une fureur écarlate se déversant sur sa peau si rapidement qu'il semble sur le point d'éclater. Je me tourne vers Declan. Il se tient sur le seuil, une main crispée sur la porte, à deux doigts de briser le bois en deux.

Que diable se passe-t-il ? Cette conversation n'a soudain plus rien à voir avec moi et Declan, ni avec Coffin la twitto, ni avec ma coopérative de crédit. Il me manque du contexte, et cela pique ma curiosité.

Declan lâche la porte et frappe de toutes ses forces contre le bois, puis sort lentement, avec un peu trop de self-control. Je ne peux même pas admirer la grâce ondulante de sa colère ou lui demander pourquoi lui et son père emploient le Code de l'homme en colère, un langage qui semble conçu pour castrer l'autre mâle en présence et lui enfoncer ses couilles dans la gorge.

Mais il ne s'agit pas seulement de conneries de macho. Le commentaire de James sur Declan, les crises et le fait de mûrir trouve une résonance particulière chez Declan. Il est blessé et j'évolue déjà sur une fine couche de glace.

Je ne peux pas lui demander de but en blanc ce qui se passe.

Il se retourne si brusquement que je titube et m'écrase contre le mur, me cognant la hanche sur des moulures.

— De quoi devons-nous discuter ?

Comment ce même homme qui m'a dit que j'étais belle, qui a mis sa bouche à des endroits seulement fréquentés par des spéculums, peut-il me regarder comme si j'étais un moucheron qu'il faudrait écraser ?

— Est-ce qu'on peut discuter autour d'un café ?

Je ne sais pas quoi dire d'autre.

Il se contente de cligner des yeux. Pas de réponse. Je le regarde sans ciller, même si mon esprit crie d'une tristesse enfantine. Quelque chose est brisé, et ce n'est pas seulement moi. Je ne suis pas responsable. Il me cache quelque chose qui se dresse entre nous. Bien qu'immatérielle et sans nom, cette chose occupe tout l'espace existant.

— Un café ? s'étrangle-t-il. Pourquoi pas dans un de mes magasins ? J'ai entendu dire que nous testions un nouveau moka à la menthe poivrée avec du sirop de wasabi. Oh, attends, tu dois le savoir mieux que moi, dit-il d'une voix acerbe.

Je sursaute et recule comme s'il m'avait giflé. J'aurais préféré qu'il le fasse.

— Je... je veux juste te parler. De ma prétendue homosexualité et de l'histoire de Jessica Coffin, et...

— Je sais que tu n'es pas gay.

Il hausse le ton en martelant cette phrase, son visage si tendu qu'il pourrait faire office de tambour.

— Je m'en suis douté. Ça n'a pas dû être très difficile à comprendre.

Il grimace et jette un coup d'œil à une montre imaginaire. Soit il a vraiment une autre réunion, soit il est pressé d'en finir avec moi, et cela me fait l'effet d'un pic à glace dans les tripes.

— Shannon, je ne sais pas à quoi tu joues. Peut-être que l'autre soir, ce n'était que du cinéma...

— Non ! Je te le jure ! Ce n'était pas de la comédie !

Une terreur sinistre commence à me recouvrir comme une couverture qui n'apporterait aucun réconfort.

— Tu es payée pour jouer la comédie, dit-il brutalement. *Jouer la comédie*. Tu es payée pour faire semblant, n'est-ce pas ? Te rendre dans un cadre professionnel et prétendre être quelqu'un que tu n'es pas, tout en observant chaque nuance, chaque détail. Tu es un caméléon qui change pour répondre aux attentes des gens, avec l'efficacité redoutable d'une espionne internationale.

Son souffle est lourd de reproches et rempli de colère.

— Et tu en es très fière.

— Mais je ne fais pas ça avec *toi*, tenté-je de me défendre. Jamais avec toi.

— Et comment suis-je censé le savoir ? Tu es un peu comme le garçon qui criait au loup, chérie.

Ma tête part en arrière. Chérie. C'est ainsi qu'il m'a appelée à l'hôpital.

— Tu as dit à la mère de ce vantard que tu sortais avec moi juste pour conclure un marché. Eh bien, c'est réussi.

Il se dirige vers la porte fermée.

— Mon père vient de te confier une nouvelle mission privilégiée. Ton entreprise gagne plus d'argent, nous avons une espionne industrielle de premier ordre, et tout le monde est content.

Il affiche alors un sourire si férocement dénué de compassion ou d'attention qu'il m'hypnotise. Je ne peux pas me détourner, mais en même temps j'ai envie de me mettre en boule et de pleurer.

— Tu penses vraiment ça de moi ? chuchoté-je.

Heureusement, mes larmes sont bloquées derrière un mur de suffisance invoquée. Je ne dois pas craquer. Je sais que chaque mot qu'il prononce a un sens pour lui, même tordu, mais je ne peux pas le laisser croire ça, car il y a une vérité plus grande avec un V majuscule à côté de sa petite vérité.

— Qu'est-ce que je suis censé penser d'autre ? Tu m'as dit toi-même dans le phare que pour toi, c'était « un milliardaire sinon rien ». Tu as dit à la mère de ton ex-petit ami que tu sortais avec moi pour décrocher un contrat, et par un jeu tordu, cette information se retrouve sur Twitter, et une arriviste essaie de m'embarrasser sur un réseau social si stupide qu'il utilise des métaphores d'oiseaux.

Je renifle nerveusement.

Je lis la pitié dans ses yeux. Oh, non. C'est la fin de la partie. Je connais ce regard, car c'est la même expression que Steve avait quand il m'a larguée. *Non. Non. Non.*

— Je ne peux pas faire ça, Shannon.

Non. Je t'en supplie.

— C'est juste… trop pour moi.

Formidable. Il m'a donc menti en disant qu'il aimait mes formes généreuses.

— Trop de couches à percer, trop de « si », trop de semi-vérités et de contre-vérités…

Attendez ! Il ne remet pas en question mes formes. Il remet en question mon intégrité ! Attends un peu, mon pote. Tu peux te moquer de ma graisse (ce qu'il n'a pas fait), mais…

— Tout ça, c'est des conneries, grondé-je.

Une réceptionniste derrière un guichet au bout du couloir se penche en avant pour nous regarder. Comme une tortue, elle retire ensuite sa tête, pour se cacher.

Quand Steve m'a larguée, je me suis contentée de renifler et d'encaisser, recroquevillée sur le banc d'un parc près de mon appartement, sur la pelouse d'une université locale. Pas question de me dégonfler. Si c'est fini, ce sera selon mes conditions. Ou, du moins, je ne tomberai pas sans me battre. Sans un combat.

Des *mots*.

— C'est sûr que c'est des conneries.

Il respire fort, et si c'était une sitcom ou un film de Nora Ephron, c'est le moment où on se crierait dessus et où il me saisirait le visage avec fougue et m'embrasserait comme jamais auparavant, jusqu'à ce que mes protestations étouffées soient vidées de leur substance par la clarté soudaine que seules des lèvres chaudes peuvent apporter.

— Tu passes ta vie à essayer de faire croire aux autres que tu es quelqu'un que tu n'es pas, Shannon. Et quand tu ne joues pas la comédie, tu t'efforces au mieux d'obtenir l'approbation de tous. Tu te transformes pour devenir ce que tu crois qu'on attend de toi.

Il passe une main énervée dans ses cheveux épais. De sombres vaguelettes se répandent sur son front tandis que ses yeux peinés me laissent enfin apercevoir une part de la tempête qui fait rage en lui.

Le garçon du courrier s'approche avec un chariot qui grince. Nous bloquons le couloir. Il s'arrête et attend, nous fixant bêtement, un doigt en l'air comme s'il allait nous interrompre de la manière la plus geek possible. Il me fait penser à Mark J. Je manque de fondre en larmes, parce qu'il me rappelle le jour où j'ai rencontré Declan, ce à quoi ressemblait M. Costume Sexy ce matin-là, si impeccable, respirant l'inconnu, et comment, dans le court laps de temps d'un mois, j'ai pu passer d'un désir liquide et bouillonnant pour un gars que je ne connaissais pas à ça.

Se disputer dans un couloir au travail pour savoir si je suis sincère ou non.

— Tu ne me connais pas.

C'est la seule phrase que j'arrive à formuler.

— Tu ne m'as laissé aucune chance ! J'ai pris un risque avec toi, et tu as juste...

Une émotion primaire sans nom m'aveugle.

— Avec quelle Shannon suis-je censée sortir, celle qui ment dans les toilettes des hommes, celle qui ment à la coopérative de crédit, celle qui ment sur son allergie ?

Sa voix se brise.

Scritch. Le type chargé du courrier pousse le chariot, puis sursaute, comme s'il s'était effrayé lui-même.

Je m'écarte du chemin et le chariot grinçant passe à côté.

— Je n'ai pas menti sur mon allergie ! Et qu'est-ce que tu veux dire par « prendre un risque » avec moi ?

Je vois de *nombreuses* façons d'interpréter cette remarque, et pas une seule n'est positive.

Sa voix ressemble à une lame tranchante que l'on retirerait juste assez doucement de ma gorge pour laisser une égratignure.

— Tu as menti par omission.

Les lèvres de Declan sont serrées et ses yeux s'obstinent à ne pas croiser les miens. Il n'y a rien que je puisse dire, n'est-ce pas ? Il a décidé dans son propre cerveau de rat qu'il en avait fini avec moi. Toutes ces conneries de « quelle Shannon es-tu ? » ne sont que des conneries. Il cache quelque chose, et c'est assez évident. Il *me* cache quelque chose.

J'étais bonne pour tirer un coup dans la limousine et le phare et... enfin, pour ça, mais je ne suis pas assez bien pour être présentée à papa. Il est comme Steve, sauf que les enjeux et les dollars sont plus importants.

Est-ce que j'ai foiré ? Certainement. Mais sa réaction est tellement disproportionnée par rapport aux faits.

En plus, j'en ai assez. Assez de m'expliquer à des gens irrationnels qui semblent seulement se soucier de prouver qu'ils ont raison. Si ce que je suis vraiment ne correspond pas à l'image qu'il se fait de moi, alors il peut aller se faire voir.

— Je ne peux pas te forcer à me croire, dis-je d'une voix étonnamment égale. Je n'en ai pas envie.

Il me regarde alors. Il me regarde *vraiment*. Je vois la première lueur d'hésitation dans ses yeux.

— En fait, si c'est trop te demander d'écouter mes explications des récents événements, alors nous n'avons jamais eu un iota de ce que tu prétends.

Ses yeux s'adoucissent.

— Tu m'as dit beaucoup de choses aussi, Declan. Et je me souviens de chacune d'elles. Et tu sais ce dont je me souviens surtout ?

Il me regarde fixement.

— *Quand on s'est embrassés au restaurant le premier soir, tu as dit : Il n'a aucun pouvoir sur toi. Il t'a jetée. Ne lui rends pas ce pouvoir. Tu vaux bien plus que ça.*

C'est au tour de Declan d'avoir l'air de s'être pris une gifle.

Mes yeux ne sont plus que deux fentes. Je prends mon temps, laissant ses propres mots lui revenir en mémoire. Sa mâchoire grince, mais il ne dit rien. Ses yeux témoignent des contradictions qui l'habitent.

— Tu sais quoi ? Je vaux *réellement* bien plus que ça. Tu ne veux pas m'écouter ? Dommage. Je retire la proposition de café.

Je n'ai plus rien à proposer. Il n'y a plus rien sur la table. Bonne journée, Declan. J'espère que tu auras une belle vie.

— Shannon, dit-il, presque contre son gré.

Ce n'est ni un gémissement, ni un grognement, ni même une question. Juste une déclaration.

— Je suis soit authentique et réelle, soit fourbe et rusée. Je suis l'une ou l'autre. Tu n'as même plus le droit de choisir, Declan. Tu t'es privé de ce choix.

Je tourne les talons pour partir, puis je jette négligemment mes dernières paroles par-dessus mon épaule.

— Tu ne peux pas avoir les *deux*.

— Je ne veux pas avoir les deux. Je veux la vraie Shannon. Et comme *même toi* tu ne sais pas qui c'est…

Une boule de rage m'envahit. Steve m'a larguée parce que je ne comptais pas me transformer en bretzel et *cesser* d'être moi-même. Declan insiste sur le fait que la « vraie » moi, quelle qu'elle soit, ne suffit pas non plus. Je ne peux pas gagner.

Alors j'arrête de jouer.

— Tu sais quoi, Declan ?

Silence de sa part. Juste cette froide détermination dans ces yeux verts qui me souriaient auparavant.

— Va te faire approuver.

Je dois prendre sur moi pour ne pas lui faire un doigt d'honneur en m'en allant.

CHAPITRE 3

— C'est le moment où je suis censée dire que c'est un connard et qu'elle est tellement mieux sans lui, chuchote Amy à Amanda alors que je remplis mon septième mouchoir en cinq minutes, mais je ne peux pas m'y résoudre.

Je suis sur mon lit, portant un vieux pantalon de velours que ma grand-mère a dû laisser chez ma mère avant de mourir. Mon haut rose déchiré – le même que je portais le jour où j'ai rencontré Declan – est techniquement *sur* mon corps, mais je le porte depuis trois jours maintenant. Il pourrait s'animer de son propre chef et s'en aller. Les bactéries peuvent-elles être douées de conscience ? Si c'est le cas, mon haut est devenu une forme d'intelligence artificielle.

Et je sens le bacon et la pâte à biscuits. Ne me demandez pas pourquoi.

— Depuis quand les ruptures sont le moment d'être honnête ? chuchote Amanda.

— Mais je ne peux même pas mentir sur Declan ! insiste Amy. Ce type est vraiment parfait.

Amanda laisse échapper un murmure d'approbation.

— Je vous entends ! dis-je en gémissant. Et vous avez raison ! C'est pour ça que ça fait si mal !

Amanda se précipite avec le pot de glace à moitié fondue. Je ne peux même pas me résoudre à en prendre une bouchée. C'est dire à quel point c'est grave, une rupture où je ne me noie pas dans la nourriture pour oublier.

C'est la Rupture de l'apocalypse.

— Éloigne-la de moi, murmuré-je.

Chatounet me réconforte en s'installant sur mes genoux et en frottant son trou du cul plissé de haut en bas sur mon bras. Super. Non seulement je n'ai pas pris de douche depuis deux jours et je suis incapable de manger de la glace, mais maintenant je sens le cul de chat.

Si je lui donnais des baies de café à manger, je me demande si je pourrais en faire du café aux crottes de chat et…

Puis je me souviens que c'est Declan qui m'a parlé du café aux crottes de chat. Je ne peux même pas regarder les fesses de Chatounet sans qu'on me rappelle la plus grosse erreur de ma vie.

Je fais une autre erreur en le formulant à voix haute.

— Les fesses de Chatounet me rappellent Declan, dis-je en reniflant.

— Elle se transforme en notre mère, chuchote Amy à Amanda sans bouger les lèvres.

— C'est déjà assez dur de perdre Declan, mais maintenant je me transforme en *Mamaaaaan*, me lamenté-je. C'est comme apprendre que ton chien est mort et que tu as une larve de mouche robot qui se développe sur tes lèvres.

Amanda m'arrache mon ordinateur portable des mains.

— Quelqu'un a regardé beaucoup trop de vidéos de boutons dégueu sur YouTube aujourd'hui, marmonne-t-elle.

— Elle s'est terrée ici tout le week-end, à travailler et à faire des rapports. Elle dit qu'elle n'a pas besoin de sortir pendant au moins neuf jours grâce à un groupe de nouveaux clients mystères très enthousiastes qui vont faire tout le travail sur place et qu'elle doit juste gérer la paperasse, dit Amy à Amanda.

— Depuis quand tu as un pénis ? demandé-je à ma sœur.

Tous les sourcils de la pièce, sauf les miens, touchent le plafond.

— Depuis quand quoi ? demande Amy.

— C'est une mecsplication parfaite. Surexpliquer quelque chose qui n'avait pas besoin d'être surexpliqué, avec juste assez de condescendance pour que je te déteste. Perfecto !

— Elle perd la tête, murmure Amanda, la bouche en coin.

— Je l'ai déjà perdue. Je l'ai perdu lui. J'ai perdu ma dignité. J'ai tout perdu.

Je m'affaisse. Une nuée de puces rebondit autour de moi.

Je sens vraiment fort.

Ou bien Chatounet est infesté.

— C'est un connard superficiel ! dit Amanda avec autant de sincérité que ma mère lorsqu'elle m'a dit qu'elle aimait vraiment mes cheveux violets en première.

— Ce n'est pas vrai. Il est tellement incroyable, et je… il… nous…

Je reprends mon ordinateur portable à Amanda et je l'ouvre.

— Je ne sais pas ce qui s'est passé. Tout ça n'a aucun sens. Tout ce que je sais, c'est que tout est de la faute de Jessica Coffin.

Je navigue vers une vidéo qui met en scène un homme qui semble avoir un sein blanc qui pousse entre ses poignées d'amour. Une femme avec une pince à épiler chauffée et des gants en latex violet effectue une opération dans le jardin pendant que leurs proches sont assis autour d'une table de pique-nique et mangent une salade de fruits.

Les miens. Ces gens sont les miens. Cette vidéo va être…

— ARG ! DÉGUEU ! ÉTEINS-MOI CETTE MERDE ! crie Amy.

Chatounet se lève et s'assoit sur mon clavier, faisant avancer la vidéo rapidement sans son. Aucune purée satisfaisante ne sort de la peau de ces gens qui considèrent le pus comme un divertissement.

Des gens comme… *moi*.

— Qu'est-ce que je suis devenue ? me lamenté-je. Je fais partie de ces cinglés qui regardent des vidéos de boutons.

— Tu es une femme qui ne comprend pas pourquoi son connard d'ex a fait ce qu'il a fait, tente de m'apaiser Amy.

— Et tu es un peu tordue, ajoute Amanda.

— Déjà l'année dernière. Avec Steve. Comment c'est possible que ça m'arrive à nouveau ? Comment ? Il y a quelque chose qui ne va pas chez moi. Je suis abîmée d'une manière ou d'une autre. De manière invisible. Je suis condamnée à ne jamais comprendre pourquoi les hommes me fuient. Pourquoi je ne leur suffis pas. Ma tare fatale qui fait fuir les hommes.

— C'est peut-être le manque de douches, dit doucement Amanda.

Je lui lance Chatounet et je m'écarte.

— Bravo pour le soutien, siffle Amy.

— J'étais sur le point de me mettre du Vicks VapoRub sous les narines.

— Ah, ce n'était pas que moi ? Amy semble soulagée.

— JE VOUS ENTENDS !

— Alors, va prendre une douche ! disent-elles à l'unisson.

— Encore quelques e-mails, murmuré-je.

J'ai reçu plusieurs candidatures de clients mystères. J'en traite régulièrement. C'est une formalité, juste une série d'e-mails que je dois ouvrir et lire parce que…

— Marie Jacoby ? m'écrié-je.

L'un des e-mails mentionne-t-il vraiment le nom de ma mère ?

Amanda pince les lèvres pour cacher un sourire.

— Maman a rejoint les clients mystères de Consolidated Evalu-shop ? Mais à quoi elle joue ?

— Elle voulait faire les boutiques d'articles conjugaux, et quelques autres, alors je l'ai aidée avec les démarches pour la certification.

Pour obtenir les meilleurs contrats de visites mystères, vous devez suivre une certification en ligne. Ce n'est pas difficile, mais ce n'est pas non plus une promenade de santé.

Si vous payez, bim, vous êtes certifié pour un an.

— Maman a fait tout ça ? C'est déjà assez terrible que Carol s'occupe de certains de mes magasins, mais MA MÈRE ?

— Elle a dit que si elle était payée pour tester de nouveaux gels chauffants, elle voulait s'inscrire.

— Je refuse d'être son superviseur, dis-je catégoriquement.

Amanda semble paniquée, puis nous trouvons toutes les deux la réponse.

— Josh !

— Josh est un geek, dit Amy.

— Il gère les excédents, expliqué-je.

— Josh est si mignon.

— Il est gay.

— Je sais !

— Donc Josh peut prendre la relève avec maman, dis-je, lui transférant ses informations. Il n'est pas question que je fasse avec ma mère des visites mystères impliquant des pinces à tétons. Ce qui est dommage, c'est qu'elle serait plus douée que n'importe qui pour ces boutiques.

C'est triste.

— Arrête de gagner du temps et va prendre une douche.

Amanda me prend l'ordinateur portable et le ferme d'un geste sec.

— Je me douchais régulièrement pour Declan ! protesté-je. Ce n'est pas pour ça qu'il m'a larguée.

La vapeur s'élève de la pomme de douche tandis que je me déshabille. Amy et Amanda restent sur le seuil de la porte, comme si j'étais sous surveillance sans être au courant. Ont-elles peur que je me fasse du mal ? Le pire que je pourrais m'infliger serait de manger deux paquets entiers d'Oreos fourrés au beurre de cacahuètes, et si elles pensent que leur présence m'en empê-chera, eh bien...

Trop tard.

— Jessica Coffin est en partie responsable de cette situation, dit Amy d'une voix sinistre. À le chercher sur Twitter.

— Il ne s'est jamais soucié de Twitter, lancé-je.

La douche m'aide à me détendre. Faire mousser, rincer, faire mousser, rincer, mettre l'après-shampoing, laisser reposer. Se savonner et nettoyer ces saletés. Rincer. C'est un rituel de purifi-cation. Normalement, je pleurerais sous la douche, mais ma sœur et ma meilleure amie sont juste à côté, à échanger des théories sur les raisons pour lesquelles Declan a largué Shannon, et bien qu'il y ait beaucoup de matière, leur conversation me soulage.

Parce qu'elles sont tout aussi perplexes que moi.

Le truc des lesbiennes ? Il sait que je ne suis pas homo. Sa rage de penser que je l'ai utilisé pour gravir les échelons et décrocher un gros contrat ? Quand même ! Ne voyait-il pas à la façon dont mon corps, mon cœur, mes lèvres et mes mains lui répondaient que je tombais sincèrement amoureuse de lui ?

Est-ce qu'il a peur de l'engagement ? Suis-je juste une grosse vache qu'il a décidé de baiser parce qu'il le pouvait ? A-t-il la même prétention moralisatrice que Steve sur le fait de vouloir une femme plus raffinée ? Mon allergie aux abeilles l'a-t-il refroidi ? Qu'est-ce que ça peut bien être ?

Mon esprit est mon pire ennemi. Je me passe en boucle tous les scénarios possibles pour comprendre ce que mon cœur sait déjà :

Il est parti.

Mais pourquoi ?

Et si je ne peux pas le récupérer, alors comment vais-je traverser les minutes qui deviennent des heures, les heures qui deviennent des jours, et les jours qui défilent encore et encore sans partager le moindre regard avec lui ? Pas d'étreinte, de baiser, ni de clin d'œil désinvolte si prometteur ?

Qui d'autre sur la planète m'inviterait à sortir avec lui après m'avoir rencontrée, la main dans les toilettes ?

(Quelqu'un sans fétichisme des toilettes, je veux dire. Il y a 588 personnes sur FetLife qui recherchent des femmes qui mettent leurs mains dans les toilettes. Ce n'est pas un nombre imaginaire – j'ai vérifié.)

J'allume la radio étanche qu'Amy utilise quand elle se douche. *Ain't No Sunshine* se déverse bruyamment et fièrement dans la minuscule salle de bain, et ça ?

Ça me donne la permission de pleurer sous la douche. De grosses larmes de douleur et d'abandon. Je pleure la mort de promesses, le meurtre de l'espoir, le bruit de son nom se précipitant pour remplir toutes les fissures de mon esprit.

Declan.

Comment chasser ce que vous avez accueilli avec tant d'enthousiasme quelques semaines plus tôt ?

Vous commencez par le laisser s'échapper par vos yeux.

J'entends la porte se fermer doucement et je pleure sous l'eau chaude toutes les larmes de mon corps. Ma bouche est si sèche que j'ai l'impression d'avoir du sable dedans. C'est peut-être ainsi que je compte passer mes derniers jours : une mort par déshydratation intentionnelle due aux larmes.

Un léger coup sur la porte me fait sursauter.

— Comment ça ? Tu ne fais plus irruption dans la pièce sans frapper ? Oh, non, je vais si mal que tu marches sur des coquilles d'œufs avec moi ?

— Maman a appelé, dit Amy.

— Et ? crié-je, en coupant l'eau.

— Elle veut que tu ailles à son cours de yoga ce soir, après avoir fini ton travail. Elle dit que ça te fera du bien.

Tout en me séchant, je gémis.

— Toutes ces vieilles dames vont demander où est Declan !

— Vois ça comme un remake des *Craquantes*.

— Ça n'aide pas.

— Maman t'emmènera manger une glace après.

— Ça n'aide pas non plus.

Je fais glisser mes sous-vêtements sur mes hanches et il semble qu'ils aient rétréci.

— L'heure est grave, dit Amy à Amanda.

— Je vous entends à travers la porte, vous savez ? Ces merdes creuses bon marché dont papa se plaint toujours sont à peu près aussi efficaces pour masquer vos commentaires que maman pour faire preuve de tact.

— Yoga. 19:15. J'ai fait passer le message.

— Très bien ! m'étouffé-je, parlant à la vapeur. J'irai la voir ! Mais je mettrais du caramel sur *touuute* ma glace aux pépites de chocolat et elle devra tolérer le bruit ! m'écrié-je.

— Je lui enverrai un message de ta part pour qu'elle apporte des bouchons d'oreille.

J'émets un bruit de dégoût si profond que je dois avoir hérité d'une boule de poils de Chatounet.

— Amanda et moi, on y va, déclare Amy.

— Mais je reviens demain ! crie Amanda.

— Bien sûr que oui, dis-je. Tu dois déconstruire mon échec.

— Avec un pad thaï ! C'est moi qui régale ! crie-t-elle en retour.

J'entends la porte d'entrée se refermer.

Un cours de yoga, hein ?

L'image des fesses musclées de Declan, moulées dans sa tenue d'entraînement lors du seul cours de yoga auquel il a assisté fait battre mon cœur. Ma bouche est comme du papier de verre et les zones plus au sud sont humides. Et ce n'est pas à cause de la douche. Et puis les larmes reviennent.

L'un des moments les plus difficiles d'une rupture est celui où l'on réalise que cette personne ne vous touchera plus jamais. Pas une seule fois. Pas une seule caresse, un seul geste tendre, un seul baiser, une seule léchouille, un seul coup de reins, rien. Votre relation est désormais nulle et stérile, et l'intensité profonde, le flirt, la chorégraphie prenante pour apprendre à connaître l'autre, à définir et à redéfinir les limites, tout cela a… disparu.

Juste disparu.

Tout bonnement.

C'est terminé.

Pour toujours.

Declan ne mettra plus jamais sa main dans la mienne. Il ne posera plus *jamais* sa paume sur mon cul pour le serrer. Il ne passera plus *jamais* ses doigts dans mes cheveux, les tiraillant doucement en m'embrassant avec un tel empressement qu'on croirait que sa vie en dépend.

Jamais.

Jamais est un long moment à passer.

Jamais me fait fondre en larmes à nouveau.

Jamais est le mot le plus solitaire qui soit.

Jamais.

CHAPITRE 4

Quand j'arrive au cours de yoga de ma mère, la salle est pleine. À craquer. Je compte soixante femmes et un homme plus âgé. Mon regard s'attarde sur l'homme.

— C'est le capitaine des pompiers, explique ma mère.

Je sursaute en poussant un petit cri. Ma mère est un vampire. Elle se déplace si vite que je n'ai pas réalisé qu'elle était là.

— Le capitaine des pompiers ?

— Il risque d'y avoir trop de monde dans la salle. Quelqu'un l'a appelé.

— Qu'est-ce qui se passe ? Sting est là ou quoi ? Willem Dafoe ? La femme d'Alec Baldwin ?

— Très drôle. Hilaria Baldwin est une prof de yoga célèbre, mais non ! Aucune de ces personnes n'en responsable de cette foule.

Ma mère me fait un grand sourire et regarde derrière moi.

— Où est Declan ?

Hum. Maintenant, je comprends. Oh là, là… Ma mère a un cours de yoga à mille dollars et j'apporte de mauvaises nouvelles. Formidablement régénérateur.

— Il n'est pas là.

— Il est en retard ?

— Non. Il ne viendra pas. On a rompu.

Oh, ces derniers mots. Ils ont vraiment l'air de derniers mots. Quelqu'un devrait m'asperger d'eau bénite, j'adopterais la posture du Savasana et je pourrais dire adieu au monde.

J'exagère. Aucun homme ne vaut ça.

— Tu as rompu avec un milliardaire ? Tu es folle ? Ils ne poussent pas sur les arbres !

L'image de Declan suspendu à une branche, doux et mûr, prêt à être cueilli, n'aide pas.

— Je suis… désolée ?

Je ne sais pas trop quoi dire. Je sens les larmes monter. Non, non, non. Je ne peux pas pleurer devant un groupe de femmes qui bavent devant le cul de mon ex.

— Oh, ma chérie !

Ma mère essaie de me soutenir en même temps qu'elle panique intérieurement, car Declan était visiblement son atout.

— Je ne partirai pas ! crie Agnès au pauvre capitaine des pompiers, qui a l'air un peu paniqué.

— Personne n'est obligé de partir, madame, dit-il.

Ce type ressemble juste assez à mon père pour me pousser à le regarder à nouveau.

— Mais je dois m'assurer que le cours est plafonné à soixante-dix personnes et que les deux sorties restent ouvertes en permanence.

— Qui l'a appelé ?

Je hausse un sourcil suspect en regardant Agnès, essayant de changer de sujet.

— Probablement Agnès. Je parie qu'elle espérait qu'il vide la pièce pour se retrouver juste derrière Declan. Elle offre une carte de cours illimitée pendant deux mois si les gens s'en vont.

— Qui aurait cru que le cul d'un milliardaire avait autant de valeur, laissé-je échapper.

Puis… je craque. Une boule de chagrin serre ma gorge et mes oreilles me brûlent. Les larmes montent et ma mère m'enlace, passant une main dans mes cheveux, décoiffant ma queue de cheval.

— Oh, Shannon, tout va bien se passer. Je t'assure. Je ne sais pas quoi dire pour l'instant, ajoute-t-elle, en tordant le cou et en regardant la pièce d'un air impuissant.

— Je sais. Je ne voulais pas te le dire, mais…

— Je veux tout savoir. Vraiment. Je veux connaître toute l'histoire, mais pour l'instant…

J'essuie les larmes de mon visage avec une petite serviette de yoga.

— Je comprends.

Je renifle et je me redonne une composition.

Puis j'entends :

— SHANNON !

Agnès a des poumons sacrément solides pour une femme qui ressemble à un Hobbit desséché.

— Où est Declan ?

Le regard qu'elle arbore lorsqu'elle prononce son nom lui enlève trois décennies.

— Il n'est pas là. Désolée, dis-je avec un regard furtif.

Silence. Tous les bruits et les chuchotements et les mouvements s'arrêtent.

— Pas là ? Il est en retard ?

Bon sang.

— Non, dis-je d'un air contrit. Il ne viendra pas. Désolée.

— Pourquoi êtes-vous désolée ? demande Corrine. Vous n'êtes pas lui. Vous n'avez pas à être désolée.

Et c'est la goutte d'eau qui fait déborder le vase.

Une foule de femmes m'entoure soudain. Leurs mains me tapotent le dos, leurs bras s'enroulent autour de mes épaules, pour me réconforter. Du coin de l'œil, je vois quelques femmes se renfrogner et sortir de la pièce.

Le capitaine des pompiers est visiblement soulagé.

Ma mère est au milieu du groupe. Leurs gestes et leurs paroles de réconfort sont si gentils que je ne peux pas me retenir. Le chagrin, la peur, les reproches et les regrets s'écoulent de moi en une série de sanglots si décousus qu'on dirait une nouvelle œuvre de musique contemporaine.

Et puis les questions commencent. Oh, les questions.

— Est-ce qu'il vous a trompée ? J'ai lu un article dans *Science*

News sur la façon dont les hommes ayant un statut supérieur trompent plus leurs copines que les hommes ayant un statut social et des revenus inférieurs. Il faut donc peut-être viser plus bas.

Viser plus bas ?

Corrine bouscule Agnès assez fort pour que toutes deux aient l'air de culbutos squelettiques, s'agrippant frénétiquement l'une à l'autre pour éviter de tomber. Deux autres femmes du groupe les aident à rester debout.

— C'est idiot, gronde Corrine. J'ai connu des pompistes gagnant le salaire minimum qui trompaient leur compagne. Pas besoin d'être milliardaire pour ça.

— Il ne m'a pas trompée, dis-je en soupirant.

Ma mère évite soigneusement chacune de mes tentatives de contact visuel, tel un neurochirurgien retirant une tumeur dont les vrilles se sont étendues comme le monstre spaghetti volant.

— Mauvais au lit ? demande Agnès.

Tout le monde hausse les sourcils. Retient sa respiration. Fascinée, la foule se rapproche lentement de moi, comme si j'allais divulguer des détails salaces.

— Euh, non.

Un profond soupir.

— Tant mieux. La dernière chose dont j'ai besoin, c'est qu'on détruise ce fantasme.

Quoi ?

— Si vous sortez avec un homme riche et sexy, il a intérêt à être bon au lit aussi. Sinon, le mythe est aussi ennuyeux que de coucher avec un gars qui pense que sortir les poubelles fait office de préliminaires et pour qui les câlins consistent à se pencher sur vous pour attraper le programme télé.

— Mesdames !

Ma mère tape dans ses mains. Elle vient à ma rescousse.

— Il est temps de commencer.

Elle ressemble à une Michelle Bachmann blonde qui enseignerait à des maternelles. Les regards fous et les grands sourires abondent.

— Attends, Marie, crie Agnès.

Elle porte un short de vélo en lycra magenta et un t-shirt qui dit [insérer une phrase drôle]. Sérieusement, c'est ce qui est écrit. Juste les crochets et « insérer une phrase drôle ». J'aime de plus en plus Agnès chaque fois que je la vois.

— On doit en savoir plus sur Declan. Pourquoi avez-vous rompu ?

Ma mère l'ignore.

— Certaines d'entre vous l'ont déjà rencontrée, mais voici ma fille cadette, Shannon. C'est elle qui est sortie avec un milliardaire, puis a fait semblant d'être lesbienne pour son travail et s'est fait larguer.

Oh. Mon. Dieu.

La vieille dame à côté de moi me tapote la main.

— Ça finit par passer, ma chère.

— Lesbienne ? renifle une autre vieille dame. Ça n'existait pas à mon époque.

— Oh, elle n'est pas vraiment gay. Elle fait semblant lorsqu'elle doit faire des visites mystères. Et quand elle ruine sa vie.

Ma mère se coiffe et se tourne vers son iPod, touchant l'écran. Une musique langoureuse remplit l'air, mais elle n'est pas suffisante pour empêcher les agneaux de crier dans ma tête.

Le visage de Corrine s'illumine.

— S'il pense que vous êtes lesbienne, alors j'ai la solution : appelez votre femme puis Declan pour lui proposer un plan à trois.

D'inquiétants murmures d'assentiment se font entendre. Même le capitaine des pompiers tend l'oreille désormais.

Surtout le capitaine des pompiers.

— N'importe quel homme voudrait avoir deux femmes à la fois, ajoute Agnes.

— On a essayé ça une fois, dit ma mère.

Toute l'assemblée se tourne vers elle. Bien que ce soit un soulagement de ne plus être au centre de l'attention, le fait que ma mère parle d'elle et de mon père avec une autre femme est à peu près aussi amusant que d'aller à un rassemblement féministe avec Robin Thicke.

— Vous l'avez fait ? demande quelqu'un.

Le capitaine des pompiers est maintenant adossé au mur. Cela ne m'étonnerait pas de le voir bientôt en train de fumer une cigarette en expliquant que c'était la vérification des capacités d'accueil la plus intéressante de sa carrière.

— On allait aller à un de ces événements où l'on trouve d'autres personnes en ligne qui ont les mêmes, euh... goûts.

Ma mère me regarde dans les yeux pendant une seconde et il semble – doux Jésus – que même elle ait des limites.

— Que s'est-il passé ? demandé-je, en inversant les rôles.

— Jason s'est dégonflé.

Pas toi ? ai-je envie de demander.

— Pas toi ? demande Agnès. Si je me tenais plus près d'elle, je lui ferais un check.

— Je... enfin bref, dit-elle, en éludant étrangement la question. On s'est contentés d'acheter une de ces « poupées réalistes » et ça nous a suffi.

Toute la salle est frappée de mutisme.

— Tu as couché avec une poupée ? demande enfin Agnès.

— Rien que ça, ça vaut amplement les 17 $ du cours, chuchote Corrine à un groupe de femmes choquées.

— *Moi*, non. Mais...

— Papa oui ? crié-je d'une voix aiguë.

Efface. Efface. Malheureusement, on ne peut pas oublier ce genre de choses.

Elle tape dans ses mains deux fois.

— Changement de sujet ! Commençons par la posture de l'enfant.

— Tu ne peux pas t'interrompre au milieu de quelque chose d'aussi salace ! Combien d'entre nous ici ont eu des maris qui ont baisé une poupée gonflable ? s'écrie Corrine.

Trois femmes lèvent la main.

Il faut croire que la perversion est à la mode.

— C'est censé être du yoga régénérateur ! sifflé-je au groupe, les yeux flamboyants rivés sur ma mère. Je ne suis pas venue ici sous la contrainte pour écouter les gens parler de leurs partenaires qui se tapent des poupées sexuelles en plastique.

— Eh bien, ma chère, s'exclame Agnès, nous ne sommes pas

venues ici pour t'écouter nous raconter comment tu as détruit une relation fantastique avec un milliardaire au cul si beau que tu aurais pu l'accrocher sur un mur du Musée des Beaux-Arts.

Encore des murmures d'approbation.

— Donc personne n'obtiendra ce qu'il voulait aujourd'hui ! lance ma mère d'une voix trop enjouée. Oublions le sexe pervers et offrons-nous une bonne séance de respiration méditative.

Grognements de dissidence.

Alors que nous rampons sur nos tapis, Agnès se penche et dit d'une voix éraillée :

— Faites en sorte que votre prochain petit ami soit aussi séduisant, et je vous achèterai un nouveau pantalon de yoga.

— La pauvre femme a perdu le célibataire le plus sexy de Boston, Agnes. On devrait lui acheter un lot de consolation.

— Un vibromasseur qui sent l'argent ?

C'était Corrine. Je ne peux pas rester assise là à parler de sex-toys avec une femme qui ressemble à mon professeur de CE1. Je ne peux pas le faire.

Je ne vais pas le faire.

— Et maintenant, on se détend, entonne ma mère alors que des carillons remplissent l'air.

C'est ça.

On se détend.

CHAPITRE 5

— Tu as *réussi* à perdre un milliardaire, dit ma mère en me rejoignant.

Je suis assise chez le glacier local, ma cuillère creusant dans une flaque de sauce au caramel et à la guimauve à peu près aussi visqueuse que tout liquide salace que j'aie jamais mis dans ma bouche (et considérablement plus savoureuse).

— Il faut un certain talent pour faire fuir un homme comme ça.

— Moi aussi, je t'aime, maman, marmonné-je après avoir enfourné une bouchée d'amour – goût pépites de chocolat-caramel-guimauve.

D'amour, c'est le mot juste. Je peux acheter un récipient géant rempli d'amour sucré. J'en ai la preuve. Ma langue est enduite d'un doux enrobage d'amour, je ressens le bonheur du chocolat froid contre mes dents et mes gencives, mon estomac grogne de plaisir. Pour six dollars, je m'offre une étreinte gustative, un baiser, et si vous ajoutez la sauce au beurre de cacahuètes dans le ramequin d'à côté – peut-être même une main aux fesses.

— Je ne veux pas remuer le couteau dans la plaie, chérie.

— Alors qu'est-ce que tu fais là à me poignarder avec un couteau de boucher de la taille de l'Himalaya ?

Elle pince les lèvres – ce qui ressemble à une imitation de fesses de Chatounet –, puis s'adoucit.

— Je suis désolée. Tu as raison.

Je me fige, et pas à cause du mal de tête dû à la glace. Je reste complètement immobile.

— Qu'est-ce que tu viens de dire ? m'étouffé-je.

Ma mère roule des yeux.

— Je sais reconnaître quand j'ai tort.

Sa propre coupelle d'amour est perchée devant elle, un tas de baies absurdes recouvertes d'autres baies, avec de la crème fouettée sur le dessus. C'est ainsi que je sais que nous ne pouvons pas être de la même famille, car ma mère ne mange que des glaces aux baies. Pas de sauce au chocolat, pas de plaisir gluant au caramel. Elle ne touche pas à la glace avec des morceaux de cookies, des noix de pécan ou quoi que ce soit contenant des pépites de chocolat.

C'est juste… c'est comme si elle était une pâle imitation d'une personne possédant des chromosomes XX. Comme si c'était une femme de Stepford. La seule chose qui serait pire serait de détester la glace, et si jamais je rencontrais quelqu'un dans ce cas, je devrais lui retirer la puce intégrée dans son cou et lui crier :

— IMPOSTEUR !

Je la regarde. Je me sens si vide. Je suis tellement vide que la glace sur ma cuillère commence à dégouliner dans la coupe à glace.

Ses lèvres se referment et elle m'adresse un regard de compassion si profond et si authentique que je sens les larmes me monter aux yeux.

— Tu souffres vraiment, ma chérie.

Tout ce que je peux faire, c'est hocher la tête.

— J'aimerais pouvoir faire quelque chose.

— Tu as dit la même chose quand Steve m'a larguée, maman

— Je le pensais aussi à l'époque.

Elle est un peu débraillée après le yoga et un peu moins apprêtée aujourd'hui. Son maquillage est plus léger, ses cheveux sont parfaitement en place et la laque est si bien appliquée qu'il faudrait un ouragan de catégorie 4 pour faire sortir une seule mèche, mais elle ressemble plus à… ma mère. Elle ressemble plus à la femme qui m'a bordée en me lisant une histoire le soir, qui m'a soignée quand j'étais malade, celle qui m'a appris à utiliser un EpiPen sur sa cuisse dix-sept fois avant que j'y arrive.

Ma mère est *là*. Une présence constante. Nous plaisantons et elle m'envoie des piques (notez le jeu de mots), elle est autoritaire et critique, mais c'est ma mère, quoi qu'il arrive. Elle m'aimera quoi qu'il arrive. Elle envahit mon appartement et respecte mes limites aussi bien que Vladimir Poutine, fait tinter un verre de vin pour que j'embrasse un client milliardaire et parle de sa vie sexuelle avec mon père, mais au moins, elle assure mes arrières.

Et en ce moment, j'ai plus besoin d'elle que d'une douche.

Et cela en dit *long*.

En utilisant ses sens de mère, qui s'apparentent un peu aux sens d'araignée, mais en plus critiques, elle se lève, passe de mon côté de la table, se rapproche de moi et ouvre grand les bras. Une bouffée de quelque chose de floral et d'épicé remplit l'air. L'instant d'après, je suis dans ses bras, pleurant si fort que je vais probablement laisser du sel sur son épaule, et je peux m'effacer pendant quelques précieuses minutes et arrêter d'être Shannon, arrêter d'être la femme stupide qui a tout gâché avec le meilleur gars de tous les temps, arrêter d'être la femme féministe et ambitieuse qui ne peut pas croire que Declan soit un tel con, et…

Je peux juste pleurer dans les bras de ma mère.

Qui me murmure quelque chose d'inintelligible à l'oreille, mais on dirait qu'elle dit :

— Tel père, tel fils.

— Hein ?

Je sursaute. Le bleu acier de sa veste légère en viscose présente une tache humide qui a la forme de mon front.

— Tel père, tel fils, dit-elle d'un air renfrogné faisant apparaître ses pattes d'oie.

— Qu'est-ce que tu veux dire ?

— James.

Elle prononce son nom comme s'il était maudit.

— Eh bien quoi, James ?

Silence. Ma mère n'est pas une habituée des silences. Les poils de mes bras commencent à se dresser.

— Maman ?

Elle se tortille sur son siège, mal à l'aise, prenant une cuillerée du parfait ratio crème fouettée/glace aux baies/baies fraîches. Puis elle fourre le tout dans sa bouche, désormais incapable de parler.

— Lorsque tu auras avalé, la vérité finira bien par sortir.

— C'est ce qu'*il* a dit.

Ce sont les premiers mots qui sortent de sa bouche.

— Qu'est-ce que ça veut dire ?

— Je faisais une blague. Tu sais ? Il. Avale. Hum...

— C'est raté.

Elle plisse les yeux.

— C'est *toujours* drôle de plaisanter sur le fait d'avaler.

Je regarde ma crème de guimauve sous un tout autre jour et je laisse tomber ma cuillère.

— Merci, maman. Tu viens de ruiner mon réconfort chocolaté.

— Ce n'est pas comme si tu avais besoin de sucre.

— Depuis quand tu critiques mes habitudes alimentaires ? C'est comme si Paula Deen disait au Dr Oz comment manger.

Elle fronce les sourcils.

— Et si on parlait de Declan ?

— Non. Parlons de James. Son père. Que tu... connais ?

Elle prend la même teinte de rose que sa glace.

— Je ne sais pas comment parler de lui.

Mon esprit s'emballe et fait le calcul.

— Tu ne peux pas le connaître. Il a au moins dix ans de plus que toi.

— Sept.

C'est mon tour de plisser les yeux. Je me sens comme un serpent, prête à siffler ou à l'enrouler de mes anneaux jusqu'à ce que mort s'ensuive.

— Crache le morceau.

Elle bat innocemment des cils.

— À quel sujet ?

— Il y a deux secondes, tu étais en train de tisser de solides liens mère/fille au sujet des idiots que sont Declan et son père...

— Pas Declan. Juste son père.

— Crache le morceau ! m'écrié-je en tapant du poing sur la table.

Elle tressaille.

La colère est tellement plus agréable que la dépression.

— On est sortis ensemble.

À mon tour de flancher.

— Oh mon Dieu. On a toutes les deux pioché dans le même pool génétique masculin ?

Elle fronce les sourcils.

— Le moment n'est pas bien choisi pour faire une blague sur le fait d'avaler, n'est-ce pas ?

Je pousse ma glace et je commence à avoir des haut-le-cœur. Peut-être une autre boule de poils de Chatounet.

Ma mère s'essuie la bouche et soupire, se penchant en avant d'un air conspirateur.

— Je suis sortie très brièvement avec James quand j'étais jeune et célibataire et que je travaillais à Boston comme effeuilleuse.

— QUOI ? Quand est-ce que tu as été effeuilleuse ? Papa est au courant ?

Je savais que ma mère avait travaillé comme assistante d'artiste il y a des années et j'avais retenu qu'elle avait vécu dans les entrepôts abandonnés des quartiers les plus pauvres de la ville, mais ça ?

— Eh bien, tu sais, dit-elle calmement, quand j'enlevais les couches des toiles...

— Oh, on parle de couches de peinture, dis-je, soulagée.

Elle a l'air confuse.

— Qu'est-ce que tu pensais que... ? Oh, mon Dieu ! Elle éclate d'un rire ressemblant au tintement de cloches. Tu pensais que je me déshabillais pour de l'argent ?

— C'est ce qu'on entend généralement par « effeuillage », maman.

— Quand j'enlève mes vêtements pour un homme, je ne m'attends pas à être payée pour ça.

Je cligne des yeux.

— Bon, peut-être un dîner et un film...

— Tu ne fais que retarder l'inévitable, maman. Tu es sortie avec le père de mon petit ami ?

— Ex-petit ami. Ex-petit ami, ma chère.

— On parle de moi ? lance une voix familière.

Eh non. Ce n'est pas Declan. Cette histoire serait bien meilleure auquel cas, mais...

C'est Steve.

CHAPITRE 6

— Vous avez vraiment des conversations très intéressantes, Marie, dit Steve d'un ton si onctueux qu'on pourrait y tremper de la focaccia.

— Et tu as l'étrange capacité d'apparaître dans les endroits les plus insolites, marmonné-je.

— Comme un ange gardien, dit-il avec un sourire d'une douceur désarmante.

— Comme un harceleur psychopathe, rétorqué-je.

J'ai la bouche sèche. Je ne peux pas m'empêcher de regarder ses yeux. Il semble presque... séduisant. Mais cette voix. C'est comme s'il était chaleureux et doux en même temps qu'il cherchait à me convaincre d'investir dans un projet de Bernard Madoff.

— Je préfère ma réponse, lance-t-il, sa douceur disparaissant soudainement.

Je soupire de soulagement, car le décalage était insupportable.

— C'est parce que tu es un peu déséquilibré, dis-je.

À voix haute, alors que je prends ma glace et que j'enfourne une nouvelle cuillerée de chocolat gluant dans ma bouche.

— Va-t'en, Steve.

Il glousse. On dirait le Dr Denfer sous NyQuil.

— C'est *moi* le déséquilibré ? Tu prétends être lesbienne et tu doubles ton ex-milliardaire et *je suis* déséquilibrée ?

— Doubler ? demande ma mère, enroulant son bras autour de sa glace pour la protéger. Shannon a doublé quelqu'un ?

Il s'interrompt, se tenant bêtement devant nous. Si ma mère lui demande de nous rejoindre, les paris sont ouverts.

— Elle s'est rapprochée de Declan McCormick et a couché avec lui pour obtenir de gros contrats pour sa société. Tout en prétendant être lesbienne, déclare-t-il.

Il porte une simple chemise blanche boutonnée, un treillis et des Crocs. Steve est le seul homme que je connaisse qui insiste pour que les Crocs soient considérées comme une tenue d'affaires décontractée. Rien de choquant. Pour les infirmiers.

— Comment sais-tu qu'elle faisait semblant ? demande ma mère.

Son intonation me fait chauffer le bout des oreilles. Elle prépare quelque chose. J'aimerais que Chatounet soit là, car je pourrais lire ses froncements de sourcils pour mieux comprendre l'arrière-pensée de ma mère. Mais je suis seule. Pas de radar félin chez le glacier.

— Parce que je suis sorti avec elle pendant deux ans et que je le saurais si j'avais couché avec une lesbienne, répond-il.

Sa voix dégoulinante de sarcasme est plus épaisse que la couche impénétrable d'ego dans laquelle il s'enveloppe, comme un champ de force d'arrogance que tout le monde sait invisible, mais qu'il croit être du Kevlar.

— Comment saurais-tu si tu as couché avec une lesbienne ? demande à nouveau ma mère. Le vagin d'une lesbienne a une texture différente ? Elles utilisent un code pendant les rapports sexuels ? Elles viennent en camion U-Haul au premier rencard ? Elles refusent de faire des fellations ?

La mâchoire de Steve s'affaisse légèrement et il commence à respirer par la bouche.

Je garde la mienne fermée et je m'installe confortablement sur ma chaise, prête à observer ma mère dans toute sa splendeur.

C'est assez agréable de la voir retourner ça contre quelqu'un d'autre que moi.

— Euh, je, euh… dit-il.

Elle se tourne vers moi avec un regard pseudo-accusateur.

— Shannon, c'est pour ça que Steve était toujours aussi tendu ? Tu refusais de jouer de sa flûte ?

La crème de guimauve me sort par les narines alors que je m'étouffe. Ce serait une sacrée façon de mourir. J'imagine le Bibendum Chamallow m'accueillir au ciel sur un nuage blanc onctueux.

Elle me montre du doigt et saisit le bras de Steve.

— Tu vois ? Elle peut le faire avec de la glace. J'imagine que la crème de guimauve a meilleur goût que…

— Maman ! m'étranglé-je.

Je ne cherche pas à sauver Steve. Je préserve mes voies nasales, car si elle fait un autre commentaire sur la fellation, je vais enfoncer du caramel chaud si loin dans ma cavité sinusale que j'aurai des infections à levures dans le cerveau.

— Ma vie sexuelle ne vous regarde pas, dit Steve froidement.

— J'ai joué de sa flûte, dis-je à ma mère ignorant Steve. Mais disons que ce n'était pas un échange équitable.

Les yeux de Steve sortent tellement de leurs orbites que ses iris semblent nager dans un bol de crème. De crème de guimauve.

— Tu ne peux pas parler de fellations avec ta mère ! C'est… privé, insiste-t-il.

— Autant que de fournir des histoires à Jessica Coffin pour qu'elle les tweete ? dis-je d'une voix douce.

— Alors tu es monté dans l'ascenseur, mais tu ne voulais pas descendre, lance ma mère à Steve en guise de pique.

— Je… quoi ? Non, ce n'est pas… je n'ai pas… vous ne…

Laisse tomber, ai-je envie de lui dire. Tu ne fais que t'enfoncer plus profondément, et tu donnes assez de corde à ma mère pour te pendre.

Elle se tourne vers moi et me tapote la main.

— Ma pauvre. Pas étonnant que tu ne te sois pas battue pour

le garder quand il t'a larguée. C'était une bénédiction. Être avec un vantard égoïste est une chose. Mais avec un vantard égoïste mauvais au lit, ça n'en vaut jamais la peine.

Steve a l'air de quelqu'un à qui l'on vient d'extraire le larynx avec un tire-bouchon. Sa bouche s'ouvre et se ferme, ses yeux sautant comme de petites puces essayant de trouver un endroit sûr où atterrir. Il a du mal à réfléchir, à parler et à réagir et j'ai la nette impression que cette conversation ne se déroule pas comme prévu.

— Je n'ai pas dit un mot à Jessica, affirme-t-il, plissant les yeux d'un air porcin.

Ah… Il va donc se cantonner à cet aspect de sa diatribe et ignorer le gigantesque camouflet que ma mère vient de lui infliger en raison de ses, eh bien… performances désastreuses en tant que partenaire sexuel.

Il nous domine de toute sa hauteur, dansant d'un pied sur l'autre et se penche vers nous. Une véritable tour de la terreur, c'est moi qui vous le dis. J'ai peur pour sa dignité, qui a autant de chances de rester intacte que le t-shirt d'une rock star lors d'un pogo.

— *Quelqu'un* lui a parlé de cette histoire, rétorqué-je.

— Je ne suis pas ce quelqu'un.

— Alors c'était Monica.

Il s'ébroue. On dirait un lamantin.

— Ma mère et Jessica ne sont pas proches.

— Monica n'est pas capable d'être proche de quelqu'un, dit ma mère. Cela ruinerait son vernis.

Steve fronce les sourcils.

— C'est ma mère que vous insultez.

— Oui, dit ma mère. En effet.

— Mais qu'est-ce que je fais là ? demande-t-il, agitant les mains comme s'il avait un public.

Tous les clients de la boutique l'ignorent, car entre Steve et un sundae géant au caramel et au beurre de cacahuètes, Steve perd la bataille de l'attention. C'est un grand moment.

— On se demandait la même chose, rétorquons ma mère et moi, à l'unisson.

— Peut-être pour t'excuser d'avoir été si égoïste au lit avec Shannon ? ajoute ma mère d'une voix qui porte au moment précis où la station de radio par satellite fait une pause entre les chansons.

Maintenant, Steve a toute l'attention qu'il veut. Et il est clair qu'il n'en veut pas.

— Mec, dit un étudiant aux manches tatouées. C'est triste, dit-il en sortant avec un cornet de glace à la main, de la taille de la tête de mon chat.

— Veux-tu bien dire à ta mère, siffle Steve, en se penchant vers mon oreille, que je n'étais pas... que je... qu'elle est...

C'est la partie où, pendant deux longues années, j'anticipais ce qu'il voulait que je dise et j'étais un bon petit toutou. J'avais l'habitude de remuer la queue et de sauter avec empressement pour faire ce qu'il voulait, y compris aller chercher le même bâton 127 fois de suite.

J'étais toujours en panique lorsque quelqu'un défiait mon homme. Il risquait ensuite de se comporter comme un connard et de s'en prendre à moi, émotionnellement, lorsque tous les gens avec un caractère assez fort pour lui tenir tête seraient partis. Conditionnée à devenir la pacificatrice, la neutralisatrice, celle qui devait apaiser l'ego surdimensionné de ce crétin. J'avais toujours peur qu'il réagisse de façon excessive.

Mais c'était à l'époque. Et *ce temps-là* est révolu depuis longtemps.

Mon cœur bat une fois. Deux fois, trois fois. Dix fois. Le silence entre les battements est insupportable. Il me semble durer une éternité, avec ma mère qui regarde Steve de ses yeux perçants. Le regard braqué sur lui à présent qu'il est mutilé, elle attend qu'il ait perdu assez de sang pour l'achever.

Un autre silence entre deux battements. Puis un autre. Et encore un. Steve me lance *ce* regard. Celui qui exprime ses attentes – des milliers d'attentes, soigneusement cultivées au fil des ans. Il s'attend à ce que j'intervienne – pour quoi au juste ?

Le *sauver* ?

Silence. Battements de cœur. Silence.

Je dois *me* sauver.

Je le regarde dans les yeux et prononce exactement les mêmes mots qu'il m'a adressés, il y a plus d'un an, lorsqu'il a rompu avec moi.

— Je suis désolée, Steve. C'est juste que tu n'as jamais vraiment été à la hauteur de mes besoins.

Un coin de la bouche de ma mère se soulève et ses doigts se crispent. Elle a envie de me faire un high-five, et les muscles de son cou se contractent. Je sens qu'elle veut dire quelque chose, mais à la place, elle inspire le nez, captivée, mais inhabituellement calme.

Steve a cette expression de patience qui se transforme en incrédulité, comme si son cerveau avait trois secondes de retard. Il se rend enfin compte que je ne vais pas le sauver. Le couver. Le conforter dans son idée qu'il est le centre de l'univers, que son noyau émotionnel est radioactif et doit donc être protégé à tout prix de l'exposition. Il m'a formatée pour que je pense comme lui qu'il est au-dessus de toute critique, et que quiconque ose l'affronter est ignorant et ne mérite que de la dérision.

Le silence et l'immobilité sont mes armes à présent. Et bien que je sois maladroite et peu qualifiée, je les utilise pour me protéger.

Enfin.

C'est ce que Declan voulait dire à propos de Steve. Ne pas le laisser me convaincre que j'étais inférieure. Sauf que Declan avait tort.

Complètement tort.

Ce n'est pas que j'ai laissé Steve me convaincre que j'étais inférieure.

C'est que je l'ai laissé me convaincre que l'ordre du monde exigeait que je *sois* inférieure.

Et je comprends désormais que le monde ne fonctionne pas selon un ensemble de règles établies par d'autres personnes qui pourraient me les imposer.

Steve retrouve sa voix.

— J'ai eu ma dose.

Et il s'en va, les poings serrés et la mâchoire crispée.

— Moi aussi, dis-je d'une voix claire, mais calme, en repoussant la glace.

Ma mère est sans voix.

Ce qui signifie que j'ai gagné de bien d'autres façons.

CHAPITRE 7

La caresse de ses doigts, ses paumes douces aux ongles soignés qui sortent de mon champ de vision tandis qu'il prend mon visage entre ses mains et me fait inhaler lentement son haleine savoureuse. Nous sommes au lit, nus, peau contre peau et chaleur contre chaleur. Cette alliance nous transforme en un concentré de désir sensuel.

Désir qui se transformera bientôt en feu dévorant.

J'ai attendu ça si longtemps ; sentir la pression de ses doigts sur mon ventre, sa lente exploration de ma poitrine, l'humidité chaude de sa bouche, sa langue décrivant des cercles qui me rendent folle de lui, me donnant envie de le goûter. Mon corps est un paysage qu'il peut explorer et je plonge mes mains dans les cheveux de Declan. Leur longueur me surprend. Il les laisse pousser, ce qui crée un contraste saisissant avec le reste de son apparence, et lorsqu'il croise mon regard avec un sourire enjoué, une demi-bouclette surgit au-dessus de son sourcil et me fait tomber amoureuse à nouveau.

Encore une fois.

Comme si je pouvais l'aimer davantage.

L'espace entre nous est si exigu qu'il est impossible d'y glisser un cœur, encore moins deux. Nous devons en partager un qui bat assez fort pour nous deux. Sa bouche trouve la mienne et lui dit « Je suis là ». Le baiser suivant m'indique qu'il compte bien rester là, ce qui s'avère être un petit mensonge. Il descend dans la vallée jusqu'aux parties de mon être qui souffrent presque dans l'attente de sa bouche, ses doigts, sa chair palpitante. Nous ressentons un besoin impérieux de nous unir.

Il est de retour, dans mon lit, et c'est comme s'il n'était jamais parti. Ses yeux verts brillants avec de petites taches marron et topaze au bord des pupilles sont si proches que je peux en lire toutes les couleurs. Si j'avais un don de voyance, je pourrais vous dire ce que ses orbes révèlent au monde sur toutes les dimensions de l'amour que nous partageons, mais je suis malencontreusement incapable de le faire, car il se met à taquiner mon petit bouton de plaisir, sa bouche explorant ces endroits tremblant d'excitation.

— Tu es belle, murmure-t-il d'une voix que je connais si bien, en utilisant des mots que j'ai déjà entendus, dans la limousine, à l'étage d'un phare, dans mon propre lit.

Mon propre lit, là où je suis en ce moment.

Avec lui.

— Tu m'as manqué. Ça m'a manqué…

Ma respiration est haletante. J'ai du mal à parler, alors qu'il me touche de ses mains expertes qui font exactement ce qu'elles veulent. Tout mon sang remonte à la surface, lui offrant un merveilleux terrain de jeu à utiliser comme il le souhaite, pour me procurer joie et plaisir.

— Je t'ai manqué ?

Declan s'arrête, puis il me murmure des choses à l'oreille. Sa langue débridée glisse le long de mon cou, et ses doux baisers se transforment en suçons plus sauvages. J'aurai des marques au réveil, de petites notes qui rejoueront la mélodie de ces minutes, de ces heures passées au lit ensemble.

Une sorte de carte en relief. Digne d'un cartographe, qui trace la voie pour me rejoindre dans l'extase.

Sauf que cette carte ne peut être suivie que par un seul et unique homme.

À tout jamais.

— Je ne dois plus jamais te manquer, Shannon. Jamais.

Je me contracte sous l'effet de son baiser. Je sens le frottement de ses abdominaux sur mon ventre, et c'est comme s'il était déjà en moi, au plus profond de mon être. Cela me fait tant d'effet que je ne peux pas me retenir.

— Je t'aime tellement, Declan, chuchoté-je.

Mes propres mains se font avides, désireuses d'accumuler plus de souvenirs de sa peau chaude, voulant mémoriser les contours de son dos marbré, ses cuisses musclées, la peau douce entre sa jambe et son sexe. Suivant la courbe intérieure de sa hanche, je trouve un endroit que moi seule peux exciter, un endroit qu'il me réserve à moi – et *à moi seule*, et ses paroles font écho à mes propres pensées.

— À moi. Tu es à moi, Shannon. Pour toujours. Ne doute plus jamais de moi, s'il te plaît. Fais-moi confiance. Laisse-toi aller. Laisse-moi t'aimer. Laisse-moi te montrer à quel point je t'aime.

Les yeux de Declan sont devenus vert foncé de désir. Ils ont la couleur d'un velours émeraude, comme une cape étalée sur une colline moussue d'Irlande, pour deux amoureux qui profiteraient d'un après-midi à batifoler au soleil, sur la côte, avec en toile de fond le bruit de l'océan tout autour. Il me rappelle l'air marin et les collines, un paysage baigné par le soleil d'un retour au pays et d'un amour éternel.

En un instant, je me retrouve sur le dos et il est au-dessus de moi, prêt à me posséder. Mes jambes s'ouvrent d'elles-mêmes, mon corps est prêt à le recevoir. Tellement prêt. Tellement…

Bip bip bip bip.

Je me réveille le cœur battant, mes mains crispées sur les draps, dans une flaque de la taille du lac Chargoggagoggman-chauggagoggchaubunagungamaugg (oui, c'est un vrai lac du Massachusetts). J'étais à deux doigts de l'orgasme. Je me secoue, peinant à émerger de ce qui n'était, malheureusement, qu'un rêve.

Un autre maudit rêve.

La troisième en trois jours.

Toutes mes parties intimes sont chaudes et humides, toutes mes autres parties sont froides et émoustillées, et mon cerveau est très gêné que je puisse avoir des rêves érotiques contre ma volonté en pensant à un homme qui ne me touchera plus jamais.

Jamais.

Encore ce mot.

Je suis couverte de sueur. Si seulement vous pouviez faire sortir par vos pores la déception et l'amour à sens unique. Je vivrais dans un sauna pendant un mois si cela pouvait exorciser le démon du chagrin d'amour qui vit en moi, me taquinant avec des fantasmes subconscients de retrouvailles, me poussant à googler Declan, à le suivre sur Twitter. J'aimerais tellement pouvoir le voir pour en parler et le retrouver.

Je suis même prête à prendre des antidouleurs pour arrêter de souffrir. Jusqu'à présent, les quantités abondantes de chocolat n'ont fait que renforcer la brioche autour de ma taille. Si seulement je pouvais chasser la douleur à coups de détox. Quelqu'un devrait inventer une boisson protéinée et la commercialiser.

Le Smoothie de la rupture.

J'ai le goût de Declan dans la bouche. Je sens ses lèvres entre mes seins. Le contact est si réel que je soulève mon haut pour chasser ses doigts. Je me sens hantée. Hantée par le sentiment persistant qu'il était vraiment là, qu'il a vraiment passé ses doigts sur ma peau et qu'il a exploré mon anatomie.

Hantée.

Alors que l'air frais du matin remplit l'espace entre le rêve et la réalité, il chasse tous les vestiges de mon rêve de Declan, me laissant démunie.

Glacée.

À la dérive.

Je prends mon téléphone et j'éteins l'alarme, puis je vérifie mon agenda. J'ai une visite mystère aujourd'hui, en personne, à environ deux heures de route.

Deux heures ? C'est assez rare. Pourquoi est-ce que je...

Oh.

Bien sûr.

C'est *celle-là*.

La boutique de sex-toys. Nous sommes payées pour le temps de trajet en plus des indemnités kilométriques pour faire le tour de plusieurs boutiques de sex-toys, afin de nous assurer qu'elles ne vendent pas de matériel pornographique à des mineurs. Et s'ils ont une licence pour la vente de tabac, nous contrôlons aussi les ventes de cigarettes aux mineurs.

Alors que mes parties intimes arrêtent leur imitation du Gangnam Style et que je reprends mon souffle, je me souviens du pire : je fais équipe avec ma mère pour ces boutiques.

Impossible de penser à la fois à ma mère et à un Declan nu me faisant des choses délicieuses. C'est comme le Baileys et le sloe gin : attention ! Attention, Will Robinson !

Mélanger les deux, c'est le vomi assuré.

Chatounet grimpe sur mon lit, renifle mon entrejambe et me lance un regard légèrement dégoûté. Mais il ne semble pas profondément écœuré, ce qui est alarmant.

Cela signifie qu'il s'attend à ce que je le déçoive.

Ou que j'ai besoin de prendre une douche.

De toute façon, même mon chat pense que mes rêves sont déviants.

Et on ne peut pas tomber beaucoup plus bas que ça.

C'est du moins ce que je pensais.

— JE PENSAIS QUE C'ÉTAIT AMANDA QUI FAISAIT CETTE boutique avec moi. Pas toi ! se plaint ma mère alors que nous entrons dans le parking du centre-ville de Northampton.

J'adore les rares visites mystères qui m'amènent dans cette ville universitaire, où les cafés sont fabuleux, où l'on peut trouver les meilleurs smoothies du monde et où les vendeurs ambulants connaissent aussi bien la politique étrangère américaine que le meilleur pad thaï de la ville.

Mais je n'aime pas l'idée de comparer des vibromasseurs avec ma mère. Elle rivalise avec l'idée de se faire faire un frottis, dévitaliser une dent et une coloscopie en même temps.

Et je préférerais encore.

— Moi aussi, mais elle m'a piégée.

Piégée est peut-être un peu exagéré. Ou pas. Elle m'a proposé de passer quelques heures à fouiner pour moi et à dénicher des ragots sur Declan si j'accompagnais ma mère dans cette boutique de sex-toys.

Nope, pas moyen.

— Très bien, avait dit Amanda. Si tu ne vas pas faire la boutique de sex-toys avec Marie, je lui dirai la vérité sur l'enregistrement de Rachael Ray.

— Tu n'oserais pas !

— Ah tu crois ça ?

Ma mère est la plus grande fan de Rachael Ray de tous les temps. J'ai eu l'occasion de faire une évaluation du service client l'année dernière, et ma mère m'avait suppliée, implorée et amadouée, mais j'avais tenu bon. Se retrouver dans l'embarras est une chose, mais à la télévision ?

Il faut bien poser des limites.

Et ces limites m'ont conduite ici à Northampton, dans un magasin de sex-toys, avec ma mère.

Se faire humilier dans l'émission de Rachael Ray semble soudain beaucoup plus attrayant. Amanda a tenu bon, et me voilà...

— Je n'arrive pas à croire qu'ils aient installé un magasin de sex-toys ici, dit ma mère en sortant de la voiture.

— Ici ?

Je regarde autour de moi les bâtiments en briques pittoresques. Mon regard est attiré par la lumière du soleil qui se reflète sur l'imposante vitrine d'une galerie d'art.

— Oh, non. Ce n'est pas là. On passe juste prendre un bon café.

Elle roule des yeux, mais sourit et me prend le bras alors que nous traversons la passerelle qui va du parking au centre commercial.

— Toi et ton café. Pourquoi on ne s'arrêterait pas prendre un café glacé chez...

Je l'arrête avant qu'elle ne nomme une chaîne de donuts et de café omniprésente. Je frissonne.

— C'est ce que tu bois quand tu n'as pas le choix.

— Non, Shannon, c'est ce que tu bois quand tu fais la cliente mystère pour gagner ta vie.

Vingt minutes plus tard, après avoir bu un *bon* latte, nous sortons du parking et nous empruntons la route 9 pour rejoindre le Smith College, via un itinéraire un brin pittoresque. Je roule lentement, car la circulation est plus dense que d'habitude, lorsque la silhouette mince et élancée d'une grande blonde attire mon regard. Je ralentis la Cacamobile, et un type transportant des déchets sur un vélo – avec une remorque contenant environ cinq poubelles alignées – me dépasse à grand-peine.

— C'est une sacrée merde, s'exclame-t-il d'un ton enjoué.

Ma mère lui adresse un signe de la main et dit quelque chose d'amical.

Mes yeux sont rivés sur Jessica Coffin.

— Ouaip. C'est sûr que c'en est une, dis-je.

Un groupe de piétons obstrue un passage clouté et je suis obligée de m'arrêter, incapable de quitter la blonde des yeux. C'est bien elle. Sans aucun doute. Elle regarde dans notre direction et ses yeux se fixent sur un point au-dessus de ma tête, son nez se plissant de dégoût. Elle a vu le grain de café sur le toit de ma voiture et a correctement déterminé qu'il ressemble plus à un tas...

D'elle.

Je réprime fortement mon envie de lui faire un doigt, mais où est le mal ? Elle ne peut pas réaliser que c'est moi, n'est-ce pas ?

— Qu'est-ce que tu regardes ? demande ma mère.

— Jessica Coffin.

— JESSICA COFFIN ? s'écrie ma mère.

Et par « s'écrie », j'entends qu'elle beugle comme une corne de brume amplifiée par le système de sonorisation du Gillette Stadium.

Avec ses cheveux blonds tombant en un rideau blanc sur ses hanches plus fines que ma cuisse, elle se tourne, rayonnante, et plisse les yeux. Elle me regarde (ou peut-être est-ce ma voiture, ou alors ma mère, qui agite frénétiquement les bras et crie « Jessica ! J'adore vos tweets ! ») et passe sa main au bras d'un homme qui se tient dos à la route. Elle se penche à son oreille, lui murmure quelque chose, puis s'accroche à lui à la façon d'une amante avec son homme.

De profil, ils semblent tout droit sortis d'un article de *Vogue*. Une bannière géante tendue dans la cour entre les bâtiments annonce l'ouverture d'un nouvel espace dédié aux enfants près d'un musée d'art. Ou d'un jardin botanique.

L'homme se retourne juste assez pour que je l'identifie. C'est Declan McCormick.

Peut-être que ce nouvel espace dédié aux enfants se trouve en enfer.

Les voitures derrière moi klaxonnent alors que je reste assise là, figée, hors de moi. Jessica et…

— DECLAN ! couine ma mère. C'EST SI BON DE VOUS VOIR !

Elle sort la moitié de son corps par la fenêtre, et si j'appuie sur le bouton et que je la referme lentement sur elle, peut-être qu'elle se cassera en deux, que ses fesses resteront dans la voiture avec moi et que sa tête hurlante roulera dans la rue et sera ramassée par le prochain cycliste transportant des ordures.

En parlant d'ordures, je regarde Jessica une fois de plus, et un mur blanc de rage me brouille la vision.

TÛT.

Ma mère ramène sa tête dans la voiture alors que quelqu'un derrière moi crie des insanités sur ma voiture recouverte d'excréments. Je mets les gaz et je rentre dans quelque chose, juste assez fort pour que je réalise que j'ai fait une terrible erreur, dans ma colère.

Une poubelle s'envole et atterrit sur le toit de ma voiture, puis roule en déversant des déchets alimentaires de toutes sortes, puis des tampons usagés, et enfin un épais lot de papiers recouverts d'une substance gluante.

Et la fenêtre de ma mère est ouverte. Grande ouverte.

Par un miracle quelconque d'origine divine (pour ma mère) ou par une foutue malchance (pour moi), l'ouverture de la poubelle est de mon côté. Je suis recouverte d'une substance qui sent la marijuana compostée mélangée à environ 1 litre de sperme. Du sperme fermenté, j'entends.

Une substance germée, issue du commerce équitable, biologique, sans soja.

Ou peut-être est-ce juste du pudding à la vanille. Soyons raisonnables.

Le rire de dédain de Jessica me parvient malgré les banshees hurlant dans ma tête, et un millier de voitures se mettent à klaxonner à l'unisson. Le cycliste se confond en excuses. Il s'avère que la poubelle est sortie de sa remorque juste au moment où j'ai appuyé sur l'accélérateur et que ce n'est en fait pas ma faute.

Enfin. Quelque chose n'est pas de ma faute.

Je balance mon bras à plusieurs reprises dans tous les sens pour essayer de me débarrasser des immondices qui me recouvrent, tandis que Declan me regarde avec pitié. Le mur blanc de rage fait son retour. S'il n'y avait pas tout un tas de jeunes enfants autour de Jessica et Declan, je leur foncerais dessus, je clouerai Jessica sur place et je balancerai la poubelle sur ses cheveux parfaits tout en exécutant une vengeance encore indéterminée à l'égard de Declan.

— Shannon ? souffle ma mère. Shannon, ma chérie, tu n'arrêtes pas de dire le mot qui commence par un « P », et je pense qu'on devrait y aller.

Les milliers de *TÛÛÛT*, plus les ordures compostées transportées par des gars qui ne mangent que paléo et qui pensent que les dattes pilées dans du lait de coco sont un « dessert » constituent un problème de maths qui me dépasse. Je me ferme. Complètement.

Ignorant tout ce bazar, ignorant les klaxons et faisant un doigt d'honneur à la voiture de derrière et – a-t-elle osé ? – à Jessica et Declan, ma mère sort comme une furie de son côté de la voiture, m'extirpe du siège conducteur, me jette une serviette qu'elle a trouvée sur le siège arrière, du côté conducteur, se laisse tomber bruyamment à ma place et attend que je passe du côté passager, comme un zombie.

Je suis couverte de suffisamment de substance gluante pour me sentir comme Carrie, sur la scène du bal de fin d'année. Il y a de l'idée. Les doigts sur la poignée de la porte, je m'arrête, le son de dix mille klaxons résonnant comme des gongs bouddhistes que l'on frapperait à l'unisson. Fixant le bâtiment à côté de Jessica, je fais le vœu qu'il s'effondre et l'écrase. Ou bien une plaque d'égout pourrait la couper en deux. Une bouche d'aération pourrait aspirer ses cheveux et la scalper.

Au bout de trente secondes, tout ce que je récolte, c'est une nuée de mouches des fruits dans l'œil. Et quand je cherche à les chasser, je me retrouve avec une substance visqueuse qui sent la beuh sur le nez.

— Monte dans la voiture, Shannon ! On a des boutiques de sex-toys qui nous attendent !

J'en ai vraiment ma claque.

CHAPITRE 8

Après une longue journée à écouter des clients mystères enchaîner les prétextes pour justifier le retard de leurs rapports, le Pad Thaï que votre meilleure amie vous livre dans votre chambre a des airs de nectar divin.

Amanda engouffre un morceau de poulet satay et marmonne, la bouche pleine.

— C'est tout ? C'est sérieusement... fini ? Il t'a larguée parce que tu as fait semblant d'être lesbienne ?

Nous passons en revue les événements de la semaine dernière, car nous avons encore du mal à comprendre la façon dont ma relation s'est effondrée.

— Non, il m'a larguée parce qu'il pense que je suis sortie avec lui juste pour les affaires.

Comme si c'était mieux.

— Et parce que tu joues pour l'autre équipe, déclare Amanda en mangeant un morceau de crevette si gros qu'il pourrait l'étouffer.

— Je ne joue pas pour l'autre équipe !

— Il y avait cette fille à l'université... ajoute Amanda et je vois qu'Amy écarquille les yeux, soit parce qu'elle est choquée, soit parce qu'elle s'étouffe vraiment.

— Ce n'était qu'un baiser ! Tout le monde teste au moins une fois dans sa vie.

J'ai raconté cette histoire à Amanda sous le sceau de la confidence.

Amanda et Amy secouent la tête pour dire non.

— Sérieusement ? Je dois aussi ajouter *ça* à la liste toujours plus longue des faux pas de Shannon ?

— Je trouvais aussi que tu étais un peu trop crédible à la coopérative de crédit, dit Amanda sur un ton malicieux.

— Oh, allez… Bon, de toute façon, je ne suis pas gay et Declan le sait pertinemment. Ce n'est pas ça qui le contrarie. C'est une fausse piste. Maman pense que c'est pour ça qu'il a rompu avec moi et elle a tort.

— Alors… pourquoi pense-t-il que tu n'étais avec lui que pour les affaires ?

Je leur raconte sa version des faits. Quand j'ai fini, Amy a l'air horrifiée et Amanda arrache patiemment les peluches de ses chaussettes en coton.

— Oh, disent-elles à l'unisson.

— Aïe, ajoute Amanda.

— Ouaip.

Qu'est-ce que je peux dire d'autre ? À part avouer mon besoin de me jeter dans un puits sans fond et de profiter à jamais du voyage pendant que les pensées de Declan me tourmentent, je ne peux pas expliquer grand-chose de plus.

— Et puis tu l'as vu avec Jessica Coffin au Smith College. C'est louche, dit Amy.

Amanda agite un morceau de poulet dans l'air et dit :

— Mais on a déjà éclairci ce point. Ils font tous les deux partie de cette organisation caritative. Leurs pères ont versé à eux deux plus d'un an de frais de scolarité à Smith pour le projet, c'est pour ça qu'ils sont là.

— Ensemble, dis-je en gémissant.

— Mais pas *ensemble* ensemble, insiste Amanda.

— Ils m'ont vue foncer dans une poubelle et être recouverte de déchets.

— Il y a pire que ça, dit Amy.

— Comme quoi ?

— Se faire prendre avec la main dans les toilettes des hommes ?

Je la frappe. De toutes mes forces. Avec un morceau de crevette.

— Ça ne peut pas être que ça, insiste Amy.

Elle est en tenue de course, avec un pantalon en Lycra serré jusqu'aux genoux, un débardeur avec un soutien-gorge intégré, et deux autres soutiens-gorges de sport en dessous. Chez les Jacoby, les femmes ne se contentent pas d'être gâtées par la nature. Nous avons tellement de tissus mammaires que si on libérait notre poitrine, il suffirait d'un virage serré à droite et nous pourrions rayer de la carte un petit village.

Elle s'étire. Je prends ma glace. Ces deux actions font travailler les muscles, n'est-ce pas ? Donc moi aussi je fais du sport là. La main, le poignet, la langue, les papilles gustatives, le cœur rempli de chagrin…

— Et là, toute cette histoire sort sur Twitter, dit Amanda en réfléchissant. Declan affirme qu'il comprend que cette histoire de lesbiennes était juste pour le travail. Mais selon lui, tu lui as dit dans le phare que tu ne sortais avec lui que pour obtenir le compte.

— C'était une *blague* !

Amy lève une main pour m'arrêter. Amanda est plongée dans ses pensées. Ses yeux sont rivés sur le rebord de la fenêtre. Elle fixe un petit plant de basilic avec une telle intensité qu'il pourrait se transformer spontanément en sauce pesto.

— Et il a cité Jessica, puis a dit quelque chose sur la mère de Steve ?

Aoutch.

— Ce que j'ai dit à Monica sur le fait de sortir avec Declan par intérêt est arrivé à ses oreilles.

— C'est *moi* qui ai dit ça ! proteste Amanda.

— Je l'ai confirmé.

Je suis frappée d'horreur. Au moment même où je l'ai dit, j'ai su que c'était une mauvaise idée.

Maintenant, j'en ai la confirmation. Et cette idée ne me quitte plus. Je ressasse tout ce que j'ai dit à Declan qui a pu lui faire croire que j'étais une manipulatrice, pas même sincère dans nos moments intimes. Et je pleure.

N'aurais-je pas pu tout simplement admettre la vérité et griller ma couverture ? La plupart des gens l'auraient fait. Au lieu de ça, j'ai fait un numéro de claquettes pour faire plaisir à toutes les personnes que je pensais devoir combler.

Et à la fin, j'ai perdu celle que je voulais le plus satisfaire.

— Ça n'a toujours pas de sens, dit Amanda, songeuse. Il n'est pas *si* superficiel.

— Mais il est *tellement* habitué à être utilisé par les femmes pour son argent et ses relations, que ça ne m'étonne pas, me lamenté-je. Il m'a dit que j'étais spéciale parce que je n'essayais pas de l'utiliser.

Le souvenir de sa vulnérabilité au cours de cette conversation me donne l'impression de mesurer cinq centimètres et d'être couverte d'excréments. Il pense que je lui ai manqué de respect. Que j'ai trahi sa confiance.

C'est ce qui fait le plus mal.

Amanda secoue lentement la tête.

— Je n'y crois toujours pas. Vous n'étiez pas ensemble depuis si longtemps…

— Un mois. J'aurais aimé que ce soit pour toujours.

— Mais c'est un type éminemment raisonnable. Tu es une femme raisonnable. Il aurait dû t'entendre. Il aurait dû t'écouter.

— Il réagit de façon excessive, approuve Amy. Et il était un peu bizarre à Pâques. Crispé et timide. Maman dit que l'agneau de beurre lui a fait peur. Il a peut-être une phobie des produits laitiers ?

Je renifle.

— Non. Ça lui a rappelé sa mère.

— Hmmm, dit Amanda, en caressant les poils du menton qu'elle n'a pas. Peut-être que c'est lié.

— Hein ?

— Rien. Laisse-moi y réfléchir.

Pour moi, cette conversation est terminée. Je me mets à lire distraitement les e-mails du travail. C'est le genre de journée où je peux m'évader en travaillant à la maison. Je n'ai pas de visites mystères aujourd'hui. Seulement 115 e-mails des personnes que je gère.

En ouvrant les e-mails et en les parcourant rapidement, je vois que nous avons trois nouveaux clients mystères approuvés. Amanda et Amy prennent en charge l'analyse de Declan, en essayant de comprendre ses motivations, pendant que je me concentre sur autre chose. Je me suis posé tout un tas de questions et j'ai analysé la situation à fond, et je suis arrivée à une seule conclusion : lorsque vous sortez avec un milliardaire et que quelque chose tourne mal, c'est toujours de votre faute.

Les vingt minutes qui suivent sont floues. Je suis assise sur le canapé et je traite mes e-mails, pendant que Chatounet mange une feuille de ficus qu'il transforme en boule de poils, et qu'Amy et Amanda nous ignorent tandis qu'elles élaborent des stratégies.

— La Terre à Shannon ! me dit Amanda.

— Quoi ?

— Comment la mère de Declan est-elle morte ?

Je bloque.

— Je... je ne sais pas. Je lui ai demandé deux fois et il n'a jamais répondu.

Les six sourcils de la pièce se lèvent. Huit, si les chats ont des sourcils.

Amanda m'arrache l'ordinateur des mains et se met à taper furieusement.

Puis elle ouvre la bouche, sous le choc.

— Oh Shannon. Oh mon Dieu.

— Quoi ?

— Lis ça.

La nécrologie qu'Amanda a affichée sur l'écran de l'ordinateur présente une photo d'une femme âgée à couper le souffle, un épais collier de perles autour du cou, les cheveux tirés en arrière de façon stricte. Des yeux verts, vifs et amicaux, si familiers que mon cœur se serre.

Elena Montgomery McCormick.

La mère de Declan.

Née en 1956. Décédée en 2004. Elle l'a eu assez tard. James

doit être quant à lui à la fin de la cinquantaine. Mes yeux balaient les phrases à l'écran pour toutes les enregistrer, puis je m'arrête net.

Piquée par les mots sous mes yeux.

La nécrologie est de bon goût, mentionnant ses trois enfants – Terrance, Declan et Andrew – et son mari aimant, James.

Mais c'est le lien en dessous qui me coupe le souffle. Le temps s'arrête. L'air s'épaissit.

Un article du *Boston Globe* titre :

La femme d'un chef d'entreprise local meurt d'une piqûre de guêpe.

Oh mon Dieu.

Les mains d'Amanda se posent doucement sur mon épaule alors que mes yeux parcourent la page à toute vitesse.

— Je n'en ai pas trouvé davantage pour l'instant, explique-t-elle. Aucun article n'explique comment c'est arrivé.

— Son frère a eu un grave problème à peu près au même moment, lui dis-je, le cerveau en ébullition.

La mère de Declan est morte d'une piqûre ? *Morte ?*

— Je suppose que ça explique pourquoi il savait exactement quoi faire avec toi, chuchote Amy, les yeux brillants.

Ma propre gorge devient salée et serrée alors que des larmes venues d'on ne sait où remontent à la surface. Le souvenir de ce pique-nique me revient, le calme de Declan et en même temps sa rapidité de réaction, les étapes parfaitement suivies, sa course avec moi dans ses bras si loin, si fort, si vite…

Il m'a sauvé la vie, puis il m'a brisé le cœur.

— Ça ne peut pas être vrai, m'étouffé-je.

Mais au fond, je comprends mieux. Enfin. Comme un coup de tonnerre et des éclairs qui illuminent soudain le paysage, révélant des reliefs jusqu'alors inconnus, le son résonnant en une cacophonie. *Maintenant*, je comprends.

Je comprends.

— Il ne peut pas sortir avec moi parce que je lui rappelle sa mère, dis-je.

Amy lève un sourcil sceptique.

— Tu ne lui ressembles pas du tout. Déjà, elle a des pommettes plus proéminentes que celles de Heidi Klum.

J'agite la main d'un geste agacé.

— Non, je ne lui ressemble pas physiquement. Mais la piqûre. Elle avait une allergie anaphylactique, j'ai une allergie anaphylactique. Declan ne peut pas le supporter. Peut-être que je suis un déclencheur ?

Amanda émet un son dubitatif.

— Il t'aurait larguée juste après l'incident des urgences.

— C'est un miracle qu'il ne l'ait pas fait, ajoute Amy en s'ébrouant. Tu as failli décapiter sa deuxième tête.

Je lui lance un regard qui la fait taire.

— Peut-être qu'il voulait juste faire bonne figure. Ne pas me quitter en pleine crise médicale.

— Ça n'explique pas Pâques, déclare-t-elle.

Nous sommes assises dans un silence pesant. Amanda passe à l'action et commence à chercher frénétiquement sur Google. De mon côté, je passe à l'action en cherchant dans toutes les missions de clients mystères s'il y a une boulangerie à visiter. J'ai une soudaine envie irrésistible de muffins.

— Qu'est-ce que tu fais ? demande Amy, en regardant par-dessus mon épaule.

— Découvrir que la mère de mon ex-petit ami est morte de la même allergie que moi me donne toujours envie de pâtisseries, tu ne savais pas ?

Amanda nous ignore toutes les deux.

— Laissez-moi tranquille pendant une heure et j'aurai une réponse.

— Qu'est-ce que je suis censée faire pendant une heure en attendant que tu trouves la petite information qui pourrait faire s'imbriquer toutes les pièces du puzzle ? demandé-je.

— Manger de la glace, dit-elle.

— OK.

Bonne réponse.

— Et si on allait faire une bonne marche rapide ? propose ma sœur, façon Richard Simmons. Dans une cinquantaine d'années, elle lui ressemblera avec ses cheveux roux bouclés...

— Marche rapide ou glace. Marche rapide ou glace. C'est

comme demander si tu veux coucher avec Sam Heughan ou utiliser ton vibro, Amy.

Elle rougit.

— Certains vibromasseurs sont sacrément sympas.

— Comme celui que j'ai trouvé à la boutique de sex-toys avec Shannon la semaine dernière ! gazouille ma mère en passant la porte d'entrée.

— Tu l'as convoquée. Il suffit de prononcer le mot « vibromasseur » et si elle se trouve à moins de cinq kilomètres, elle apparaît, sifflé-je.

Pour être juste, ma mère m'a sauvée à la boutique de sex-toys. Le traumatisme de voir Jessica avec Declan, puis de créer une catastrophe routière mineure qui, heureusement, n'est pas passée aux informations locales, m'a mise totalement hors service le temps que nous arrivions sur le parking du magasin.

Après avoir mémorisé les instructions, elle est entrée et a passé quatre-vingt-dix minutes à faire une fabuleuse évaluation du service clientèle du magasin, et en est ressortie avec une vie d'orgasmes dans un sac à provisions étonnamment compact.

— Regardez-moi cet air de chien battu ! Pendant que Shannon déprimait dans la voiture couverte de déchets, je me suis montrée professionnelle et je me suis occupée de tout pour elle, annonce ma mère avec joie.

Elle sort de son sac un vibromasseur rose et blanc.

Il est plus grand qu'un parapluie compact.

— Mon Dieu ! s'écrie Amy.

— Non, lui c'était le plug anal, répond ma mère en faisant la moue. Je n'avais pas assez pour me l'acheter.

Nous la regardons toutes les trois, la bouche ouverte.

Disons plutôt tous les quatre. Même la mâchoire de Chatounet tombe un peu.

— Ils font des plugs Dieu ? demande Amanda d'une voix tremblante.

— Tu vois pourquoi je voulais que tu y ailles avec elle ? dis-je avec plus de méchanceté que prévu.

Mais c'est mérité.

— Tu vois pourquoi je t'ai fait chanter ?

Bien envoyé.

— Allons faire cette promenade pendant qu'Amanda traque ton ex-copain pour savoir comment sa mère est morte, dit Amy d'une voix choquée.

Ma mère entre dans le salon et fouille dans le placard à manteaux.

— Qu'est-ce que tu fais ? demande Amy.

— Je dois cacher ça, annonce ma mère.

— Oh, mon Dieu, on n'a pas besoin d'assister à la scène ! m'écrié-je.

— Pas dans mon corps, dit ma mère avec dégoût. Dans le placard. C'est une surprise pour votre père.

— C'est sûr que ça doit faire une sacrée surprise au lit. C'est un peu comme un plan à trois.

Ma mère s'illumine.

— C'est ce que je me suis dit aussi !

Elle fronce les sourcils.

— Pourquoi est-ce que vous cherchez comment la mère de quelqu'un est morte ?

— On échafaude un plan, chuchote Amy. Un jour, sa mère est rentrée à la maison avec un vibromasseur géant et BAM !

— J'ai entendu.

Elle remet le vibromasseur à l'intérieur du sac en déployant des efforts inimaginables, le poussant une fois, deux fois, trois fois.

— Offre-lui au moins une cigarette après tout ça, murmuré-je. Tu ne lui as même pas payé le dîner.

Ma mère me fait une grimace, puis s'illumine en voyant Amanda sur l'ordinateur portable.

— Tu cherches vraiment à savoir comment la mère de Declan est morte ? Est-ce que c'est James qui l'a tuée ?

Cette question lui vient un peu trop rapidement, non ?

— Hé, attends une minute. Tu n'as jamais fini de me raconter comment Declan a failli devenir mon demi-frère.

Amy marque un temps d'arrêt.

— Quoi ? Ça ne rendrait pas la relation entre Shannon et Declan incestueuse ?

— Non, c'est plutôt comme Marcia et Greg dans *The Brady Bunch*.

— Beuuurk, s'exclament Amy et Amanda à l'unisson.

Ma mère fait semblant de ne pas nous entendre.

— Maman ? James ? Tu as dit que tu étais sortie avec lui.

— Quand est-ce que j'ai dit ça ?

— Le jour où Steve s'est pointé chez le glacier.

Elle fronce les sourcils, puis sourit comme une idiote.

— Tu as été si autoritaire avec Steve ! Si dominatrice ! Je parie que si tu achetais l'un de ces godes ceintures de la boutique de sex-toys – il s'avère qu'ils ne sont pas réservés aux lesbiennes – tu pourrais...

Elle s'interrompt en voyant nos visages.

— On va marcher ! lance Amy. Tu vas te défouler pendant qu'Amanda fait ses cyberrecherches.

— On va marcher où ?

— Prépare-toi à faire le plongeon.

Et elle me pousse vers la porte d'entrée.

La grande boule de feu orange dans le ciel est tellement inté-ressante. Je ne l'ai pas vue depuis des jours, terrée dans mon appartement, et je suis tentée de lui faire signe, comme si c'était une voisine que je connaissais depuis des années, mais avec qui je n'avais pas discuté depuis longtemps.

— *Certains vibromasseurs sont plutôt sympas*, dis-je en me moquant d'Amy. Tu étais vraiment obligée de dire ça ?

— Parfois, c'est vrai.

Elle ne reculera pas. Pfff. Le syndrome de la petite sœur. En cas de doute, camper sur ses positions.

— Il y a vraiment quelque chose qui cloche chez toi, murmuré-je.

Mais nous allons nous promener. Parce qu'elle a raison.

Pas pour les vibromasseurs, mais pour le besoin de sortir de la maison.

— Raconte-nous l'histoire de James, maman. Je ne peux pas croire que tu aies laissé un vrai milliardaire s'enfuir.

Elle ne perçoit pas le sarcasme évident de ma voix.

Elle glousse. Mais sans joie.

— Il n'était pas milliardaire à l'époque. Loin de là. J'étais assistante d'artiste dans un immeuble de squatters miteux où nous étions tous des peintres avant-gardistes et il faisait partie de la société immobilière qui essayait de transformer notre entrepôt délabré en loft de luxe. S'il parvenait à obtenir le bâtiment, il pourrait faire fortune. Une seule chose l'en a empêché.

— Toi ?

— Des rats.

— Des rats ?

— Des rats.

Elle répète ce simple mot comme s'il expliquait tout à lui seul.

CHAPITRE 9

— Continue.

— Tu veux que je continue sur les rats ?

— Je veux que tu expliques le lien entre les rats et James.

— Ce n'est pas assez clair ?

— Non.

Elle pousse un profond soupir.

— Le bâtiment était infesté de rats.

Amy et moi, nous frissonnons et nous manquons de nous étouffer. Je frissonne, elle manque de s'étouffer. Puis nous inversons les rôles.

— Et la seule façon d'éloigner les rats, c'étaient les chats.

— C'est de là que vient Chatounet ?

Elle ricane.

— Non, mais Chatounet pourrait être le bébé d'un des bébés d'un de ces vieux chats de l'entrepôt. Ils étaient si nombreux.

— Des tueurs de rats depuis trois générations, dit Amy.

— Bon, et alors ? James ?

Je suis impatiente. Ma vie est en jeu. Amanda fait des recherches sur ce qui est arrivé à la mère de Declan, morte d'une manière tragique qui pourrait aussi avoir raison de moi. Pendant ce temps, ma mère m'avoue qu'elle est sortie (qu'elle a couché ?) avec le père de Declan, et elle me parle de rats.

— Donc, quand il a vu comment on s'occupait des rats, il est allé à la SPA et il a adopté cinquante chats. Il les a lâchés dans le bâtiment. Sauf qu'il n'a pas pensé aux chiens errants du quartier.

— Des chiens ?

Le rire de ma mère est contagieux, et j'étudie son profil. Son visage a rajeuni et on dirait qu'elle a à nouveau vingt ans. Le soleil baigne son visage et je retiens mon souffle, captivée.

— Tous ces chiens se sont mis à fouiner autour du bâtiment, en aboyant. Ils ne voulaient pas tuer les rats, mais ils voulaient chasser les chats. On dormait sur ces petites palettes dans les studios d'art et on en est arrivés à un point où on ne savait plus si c'était un rat, un chat ou un chien qui nous écrasait à 3 heures du matin. Ou si c'étaient les effets résiduels de l'acide qu'on avait pris cette nuit-là, ajoute-t-elle avec une drôle de grimace.

— Tu es sûre que tu n'inventes pas ? demande Amy. Tu n'enjolives pas un peu le flashback ?

Ma mère donne un léger coup sur le bras d'Amy, qui jappe d'une douleur feinte.

— Tout est vrai. Vous pouvez demander à James.

— Je ne peux rien demander à James, dis-je.

— Bien sûr que tu le peux. C'est toujours ton client.

— Et lui et toi ? Comment vous avez commencé à sortir ensemble ?

— Il est venu voir le bâtiment un jour et a été horrifié de découvrir que c'était devenu un hôtel pour chiens. Les chats se cachaient, les rats avaient disparu, et une tonne de femmes sans abri avaient suivi les chiens qui avaient tellement besoin d'attention qu'ils se lovaient sur les genoux de tout le monde. Il y en avait un, nommé Winky, un petit Jack Russell pelé tout mignon. Il était plus petit que certains des rats qu'il réussissait à tuer.

— Un terrier tueur de rats ? rit Amy.

— Maman ! Ton histoire avec James !

— Il est venu un jour pour évaluer les dégâts et je lui ai dit qu'il devait s'occuper de la facture du vétérinaire de Winky. Le pauvre avait une patte infectée par une morsure de rat. James a cru que j'étais folle.

— Tu es folle, disons Amy et moi à l'unisson.

Elle glousse.

— James a accepté. J'ai réussi à convaincre cet homme de nous emmener, Winky et moi, chez un vétérinaire du centre-ville qui l'a soigné avec des antibiotiques et des points de suture. James a payé la facture, puis il m'a invitée à dîner.

J'arrête de sourire.

— C'était quand ?

— Environ un an avant son mariage avec Elena.

Elena. Ma mère connaît son nom. Ma mère savait tout ce temps pour Declan et a fait l'imbécile. Le trottoir fissuré est bosselé par de vieilles racines d'arbres, et je m'arrête, un pied plus haut que l'autre sur le béton. Rien d'étonnant à ce que je sois désorientée.

— Tu m'as menti pendant tout ce temps, craché-je.

— Je ne t'ai pas menti, chérie.

— Ne m'appelle pas chérie ! C'est Declan qui m'appelait « chérie » !

— Je ne t'ai pas menti, Shannon. Je ne t'ai juste… rien dit.

— Un mensonge par omission reste un mensonge.

Lui jeter ça au visage me procure une certaine satisfaction, parce que c'est ce qu'elle nous disait toujours quand nous étions enfants et que nous ne disions pas toute la vérité.

Elle soupire et lève les yeux au ciel. Un jet imposant laisse derrière lui des traces qui s'étendent comme une fermeture éclair, des traînées blanches imprégnant l'air.

— Tu as raison. Je ne savais pas comment te le dire.

— Toutes ces conneries de « épouse un milliardaire » ou « tu peux aimer un homme riche autant qu'un homme pauvre », c'est parce que tu regrettes d'avoir été larguée par James McCormick il y a un million d'années ? lancé-je.

Ses yeux croisent les miens. Elle est agacée.

— Ce n'est pas vrai.

— Et comment suis-je censée savoir ce qui est vrai, maman ? Je suis sortie avec Declan. Je l'ai amenée au repas de Pâques et tu as fait semblant de ne pas savoir que sa mère était morte ! Une femme dont tu connais le nom parce que tu es sortie avec son père.

— Je ne savais pas qu'Elena était morte ! Je n'ai pas vu James McCormick depuis trente ans, Shannon. En dehors des pages people et business des journaux.

— Et du compte Twitter de Jessica Coffin.

Ses joues rosissent.

— Il y est parfois.

Je suis tellement folle de rage que les mots se transforment en ballons qui éclatent dans ma tête. Je poursuis ma route, ma mère et Amy pressant le pas pour me suivre. Nous sommes à mi-chemin de la boucle géante que nous décrivons dans mon quartier, et si je dois passer une seconde de plus à être traitée avec condescendance, je vais hurler.

— « Épouse un milliardaire ! » Des bébés milliardaires ! Un mariage à Farmington ! Maman, tu es vraiment une grosse hypocrite.

Je m'arrête si soudainement qu'Amy me fonce dedans et couine.

— Est-ce que Papa sait que tu es sortie avec lui ?

— Bien sûr. Jason est la raison pour laquelle j'ai rompu avec lui.

Stupéfaite. Je suis stupéfaite, et Amy semble avoir été frappée par un éclair. Est-ce qu'on est en train de fumer ? Des vrilles de fine fumée blanche devraient s'élever de notre corps et aller rejoindre les traînées laissées par le jet.

— Tu as largué James McCormick pour être avec papa ?

J'en ai le souffle coupé.

— Eh bien, il n'était pas *le* James McCormick à l'époque. Ce n'était qu'un homme arrogant qui avait soif de réussite et hâte de se lancer dans le monde des affaires.

Une fleur rose attire mon attention. Puis le goutte-à-goutte d'un arroseur de pelouse. Un chien aboie une fois au loin. Puis deux fois. Le sifflement des pneus d'un camion à benne qui se met en mouvement après avoir été arrêté à un feu rouge m'emplit les oreilles. Ça ne peut pas être réel. Ma mère ne peut pas être sérieusement en train de me dire que...

— Tu veux dire qu'il était comme Steve ? Comme l'ex de Shannon façon années 80 ? demande Amy.

Ma mère déglutit, une main sur sa gorge, l'air troublé.

— Je suppose que oui. Je n'avais jamais vu les choses comme ça, mais oui.

Je m'affale contre un immense chêne noueux, si tordu et si marqué qu'on dirait qu'il a connu la guerre.

— Ça explique tellement de choses.

Ma mère s'appuie sur une tache brillante de bois jaune pâle dont l'écorce a été enlevée. Arrachée.

— Je suppose que oui. Je voulais que ça fonctionne entre toi et Steve parce qu'il me rappelait James.

— Et quand j'ai ramené Declan à la maison ?

— Je le voulais encore plus.

Je renifle.

— Parce que c'était comme revivre ton histoire avec James. À travers moi. Si je me mettais avec Declan, ça équivalait à retrouver James.

— Non !

Le visage de ma mère est rouge vif, presque violet, et ses yeux sont furieux. Toute cette jeunesse qui transparaissait dans son rire léger et lumineux il y a quelques instants disparaît, remplacée par une indignation que j'ai rarement vue chez elle.

— Ne mélange pas tout. Je voulais que tu sois avec Declan parce qu'il était évident, après avoir passé dix secondes en votre compagnie, que vous aviez quelque chose d'unique. Il y a quelque chose de palpable entre vous. On ne voit pas ça souvent.

— Tu n'avais pas ça avec James ?

— Non.

Elle cligne des yeux, s'efforçant de contrôler ses émotions. C'est un côté de ma mère que j'ai rarement vu. En fait, je ne l'ai *jamais* vue comme ça.

— Qu'est-ce que tu veux dire quand tu dis que papa est la raison pour laquelle tu as rompu avec James ? demandé-je lentement.

Nous reprenons notre marche, en faisant de longues enjambées, mesurant notre vitesse. Les yeux d'Amy sont alertes et perspicaces ; elle encaisse sans trop en dire.

Ma mère regarde à nouveau le ciel.

— On ne peut pas choisir de qui on tombe amoureux.

— Et tu n'es pas tombée amoureuse de James ?

— J'ai essayé.

Sans donner davantage de précisions, elle laisse les choses en suspens. Un enfant passe sur une trottinette et nous nous écartons de son chemin. Le vent fouette ses cheveux, et son visage exprime une joie pure tandis qu'il fait la course avec son père, à vélo sur la route. Le père pédale lentement, modérant son rythme pour que son fils puisse gagner.

Nous sourions toutes en voyant ça. Mais le visage de ma mère s'assombrit rapidement. Elle a un regard hanté.

— J'ai essayé, répète-t-elle. Mais on ne peut pas se forcer à aimer quelqu'un si ce n'est pas bien.

— Et c'est peut-être ce qui se passe avec Declan.

— Tu ne forces rien, Shannon, dit-elle en me touchant doucement le bras.

— Non, pas moi. Lui. Peut-être que je n'étais vraiment pas assez.

Je laisse échapper un soupir de frustration.

— Ou que j'étais trop.

Ses mots ricochent dans ma tête.

— C'est ce que tu penses vraiment ?

Nous tournons au coin de la rue et regardons le père et le fils disparaître derrière l'imposante colline que nous nous apprêtons à gravir.

Je suis incapable de répondre. Ma bouche est devenue sèche et ma gorge me fait mal. Tant d'informations. Un passif trop chargé. Ma mère est sortie avec James ? Ma mère a rejeté James ? Ma mère m'a regardée ramener Declan à la maison et n'a pas dit un mot ? Était-ce vraiment par respect ou y avait-il autre chose ?

— Comment a réagi James quand tu as mis fin à votre relation ? demandé-je en changeant de sujet.

Je ne veux pas répondre à sa question.

Elle m'adresse un sourire triste.

— Pas bien. James n'aime pas perdre.

Je ris tellement que je fais aboyer une bande de chiens

derrière une clôture. Leurs aboiements furieux me font encore plus rire.

— C'est un euphémisme.

— Il n'a pas eu le choix. C'est moi qui ai décidé.

Ses yeux se dirigent vers un endroit que je ne peux pas voir, où vit un amour qui dure depuis plus de trente ans. Mon père est là quelque part, et lui et ma mère ont leur propre monde où ils sont le soleil et la lune l'un de l'autre, en orbite l'un autour de l'autre.

Amy finit par ouvrir la bouche, comme si elle se retenait depuis le début de poser une question qui la démange.

— Maman ?

— Oui ?

— Comment est-ce que tu as rencontré papa ?

Son sourire s'élargit.

— C'était le véto de Winky.

LORSQUE NOUS REVENONS DE NOTRE PROMENADE, deux choses sont claires :

1. NOUS ALLONS QUAND MÊME MANGER DE LA GLACE.
   2. Amanda a échoué.

— JE SUIS LA REINE DE GOOGLE DE CE CÔTÉ DU Mississippi, gémit-elle. Mais il n'y a que cette nécrologie. Même pas une mention dans les pages people. C'est… bizarre.

Nous enfournons des substituts de sexe (et non, je ne parle pas de vibromasseurs). Mes éclats de caramel ont du mal à rivaliser avec la bouche d'un homme, mais je m'en contenterai. Soudain, ma mère s'écrie :

— Jessica Coffin !

J'inspire un morceau de caramel glacé recouvert de chocolat et le monde se met à tourbillonner. Je n'arrive pas à respirer. Je n'arrive pas à réfléchir. Je me frappe la poitrine et je fixe ma mère, les yeux exorbités.

— Regardez Shannon faire son imitation de la *Planète des singes*, plaisante ma mère.

Des taches sombres apparaissent dans mon champ de vision. Je ne peux sérieusement pas respirer, et le visage de ma mère change lorsqu'elle réalise que je ne fais pas de bruit.

Amy bondit et traverse la pièce en quelques secondes. Elle enroule ses bras autour de moi par-derrière alors qu'une pensée me vient à l'esprit : la mort par ingestion de chocolat me semble soudain très, très réelle.

Lorsqu'on suit une formation aux premiers secours, on apprend à faire le Heimlich. On enroule ses bras autour d'un mannequin et on tire vers soi. On s'exerce sur un autre être humain sans lui faire de mal. Mais dans les quelques secondes qui séparent la vie de la mort dans la réalité, vous ne réalisez pas la force qu'il faut pour déloger un caramel au chocolat bloqué, ou la panique que vous ressentez lorsque votre cerveau cesse d'être alimenté en sang et que votre vie entière repose entre les mains de votre petite sœur qui arrachait la tête de vos Barbie pour les faire rôtir sur un bâton dans le poêle à bois.

Si je dois mourir, il y a une certaine ironie à ce que ce soit comme ça et pas à cause d'une piqûre d'abeille.

Fort heureusement, Amy s'avère être aussi héroïque que Declan, et d'un coup sec, à me briser les côtes, elle me sauve. Je sens le morceau de chocolat remonter dans ma gorge, gratter l'arrière de ma langue, rebondir sur mon palais et atterrir dans l'œil de Chatounet, l'envoyant rouler hors du canapé et atterrir dans une corbeille à papier à côté de la porte d'entrée.

Un trou en un.

Je tousse. J'inspire si longuement et si fortement qu'on dirait un enfant qui vient de se blesser et qui s'apprête à pleurer. Mais Chatounet me bat, s'extirpant de la poubelle et miaulant d'indignation.

— Mon Dieu, Shannon, tu vas bien ? demande ma mère, en se précipitant avec un verre d'eau.

Tout le monde ignore Chatounet. Il se dirige vers la porte d'entrée et commence à uriner dans le sac à main de ma mère. Ma gorge est à vif et je suis incapable de parler, mais je produis un étrange bruit d'accroc. Des larmes coulent sur mon visage tandis que l'air béni passe à l'endroit où le caramel gelé s'était logé.

— Argh, parviens-je seulement à dire en montrant du doigt le chat, en train de pisser sur la chaussure d'Amy.

Sa nouvelle imitation de Manolo.

Amy contemple ses mains comme une statuette des Oscars.

— Je n'arrive pas à croire que j'ai fait ça, chuchote-t-elle.

Ma mère la serre fort dans ses bras et elles me regardent. Derrière moi, Amanda me passe la main dans le dos dans un geste de réconfort.

Je respire de nouveau normalement. Pendant que je récupère, Chatounet a eu le temps d'uriner sur une plante, un cale-porte peint représentant un lapin et un sac Target abandonné rempli de liquide vaisselle. Il est pour l'égalité des chances en matière de pulvérisation.

Il déteste tout le monde de la même façon.

— Jessica Coffin t'a fait t'étouffer ! lance Amanda, en essayant d'être drôle.

Elle échoue.

— Pourquoi as-tu crié son nom ? demandé-je.

Ces mots ont un sens pour moi, mais tout le monde agit comme si je venais de parler en farsi.

Par miracle, Amy comprend ce que je demande et le répète.

Ma mère fronce les sourcils.

— On peut en parler plus tard.

— Maintenant, croassé-je.

Elle n'a vraiment pas envie de cracher le morceau.

— Eh bien, c'est que… Quand tu seras remise.

Je vide d'un trait le verre d'eau qu'elle m'a donné, et je sens mon cœur retrouver un rythme plus normal.

— Merci, dis-je à Amy avec autant de gratitude que possible vu ma voix abîmée.

— Je t'en prie.

— Ça compense pour la Barbie, dis-je d'une façon laconique que seules des sœurs peuvent comprendre.

Elle lève la main comme une athlète olympique qui remporte une médaille d'or.

— Enfin ! Il aura juste fallu attendre quinze ans et que tu frôles la mort !

— C'était ma Barbie préférée, dis-je d'une voix râpeuse.

Nous échangeons un sourire. J'inspire profondément et je me tourne vers ma mère.

— Jessica Coffin ?

Amanda montre du doigt ma mère.

— Mais oui ! Bonne idée !

Elles échangent un regard qui me passe au-dessus de la tête.

— Je peux savoir de quoi vous parlez ?

— C'est la reine des commérages prétentieux. Si quelqu'un sait ce qui est arrivé à Elena, c'est bien elle. Ou sa mère. Pour elles, les ragots sont comme une monnaie.

Ma gorge manque de se refermer à nouveau quand je comprends ce qu'elles veulent dire.

— Vous voulez que j'aille voir Jessica Coffin pour lui demander en quoi la mort de la mère de Declan est liée au fait qu'il m'ait larguée ?

Toutes les trois hochent la tête.

— Vous êtes sérieusement atteintes de *folie à deux*. À *tres*, rectifié-je, parce qu'il y a trois personnes qui ont perdu la tête ici.

— Qu'est-ce que ça veut dire ? demande Amy.

— C'est le mot français pour « givré », explique ma mère.

— Tu parles français ?

— Non. Mais tu n'es pas la première personne à utiliser cette expression devant moi.

— Et je ne serai pas la dernière.

— Si tu ne vas pas la voir, menace ma mère, j'irai.

Je lui adresse un regard sombre. Elle est assez imprévisible pour le faire. Le choc de voir Jessica avec Declan à Northampton a été assez fort. Cette femme est le mal incarné sur les réseaux sociaux. Mais ma mère et Amanda ont raison. S'il y a un secret, un élément clé pour comprendre ce que la mort de la mère de Declan a à voir avec sa rupture avec moi, alors…

— Donne-moi mon téléphone.

Et j'envoie un tweet à la seule femme au monde qui ressemble à ma vieille Barbie.

Avant que sa tête ne rôtisse au bout d'un bâton.

CHAPITRE 10

— Tu m'avais dit que ce serait une bande d'hommes sexy qui courraient couverts de boue tout en escaladant des palissades comme dans ces publicités pour les camps d'entraînement de l'armée, râlé-je en remplissant le 1287e gobelet en carton de Gatorade.

Amanda coupe des oranges et les glisse dans des contenants identiques qui seront sommairement écrasés par les poings des coureurs et que nous nous recevrons en pleine face.

Et nous devons applaudir ces mêmes personnes.

— Amy a dit que si on se portait volontaires et qu'on s'occupait de la réhydratation, on pourrait assister à toutes les fêtes d'après-course et rencontrer des gens cool, explique Amanda.

Une abeille plane au-dessus de ses mains, paresseuse et comme ivre, et je m'écarte lentement.

Nous sommes à cette course de 10 km dans le centre-ville de Boston, entourés d'une foule qui encourage les coureurs. Amy fait partie des athlètes, et mes parents ne sont pas loin. Mon père tient un appareil photo si grand et si vieux qu'on s'attendrait presque à voir un tissu noir drapé par-dessus, et ma mère porte des talons de 10 cm qui crient *Je ne suis pas une coureuse*.

Il s'agit d'une course de charité qui vise à collecter des fonds pour une maladie dont j'ai déjà oublié le nom. Les coureurs foncent dans la boue, se hissent sur des parcours de cordes déjantés et s'élancent dans une course d'obstacles fabriquée avec soin pour générer un maximum de saletés particulièrement photogéniques.

Je suis juste venue donner un coup de main parce qu'Amy a peur que je devienne comme ces femmes d'une émission de télé-réalité sur le câble. Le genre avec un musée de trois cents poupées au sous-sol ou la femme qui a des ongles si longs qu'elle peut crocheter les serrures de l'autre côté de la rue.

— Et c'est là que je m'en vais, dis-je à voix basse.

Amanda sursaute à la vue de l'abeille, et je recule lentement, mes mains collantes en l'air.

— Tu as ton EpiPen ? me demande-t-elle d'un air inquiet.

— J'en ai trois.

— *Trois ?*

Comme si elles m'avaient entendue, deux autres abeilles chancelantes s'approchent, et l'atmosphère s'alourdit encore.

— C'est le nouveau truc de maman. Et le médecin n'a fait aucune difficulté pour rédiger l'ordonnance.

Je recule et me dirige vers le bâtiment où les coureurs s'inscrivent tous. Je sais qu'il y a des postes de bénévoles pour répondre aux questions, diriger les gens vers les toilettes, aider à trouver des prises pour recharger les téléphones portables et écouter les gens se plaindre de tout, de la couleur du Gatorade à l'éventuelle présence d'OGM dans les oranges.

Ah, Boston. Ne change jamais.

Je ne peux pas éviter les abeilles et les guêpes en mai en Nouvelle-Angleterre. C'est impossible. Contrairement au frère de Declan, je n'ai aucune envie de vivre toute ma vie dans une bulle que j'aurai créée moi-même, où je ne sortirai jamais, où je ne sentirai jamais le soleil briller sur ma peau. Être pleinement consciente des risques, soigneusement préparée aux piqûres et apte à agir en cas d'urgence est une chose ; ne jamais prendre le moindre risque et passer à côté d'une vie riche et pleinement humaine en est une autre.

Un brin de tristesse m'envahit alors que je fonce vers les toilettes comme si une mouche m'avait piquée (notez le jeu de mots). Declan. Il était la pierre angulaire de ce que je pensais être ce genre de vie, une vie remplie de plaisir, d'espoir et d'amour. Je chasse ce sentiment comme un garçon de courses qui a besoin de faire une pause. Je me dirige vers les lavabos pour nettoyer le sucre.

Ma semaine a été marquée par une longue suite de rejets, à commencer par Jessica Coffin, qui a complètement ignoré mon message sur Twitter et mon e-mail soigneusement rédigé via le formulaire de contact de son site Web. Rien. Nada. Mes rêves sont passés de moments intimes avec Declan à des fourches et des torches, des têtes de Barbie sur des piques et des ogres qui dévorent les jambes articulées de Barbie.

Le nouveau système minutieusement élaboré par Josh a refusé tous les rapports soumis par mes clients mystères, et Chatounet me déteste encore plus, refusant de s'asseoir sur mes genoux après avoir reçu un morceau de chocolat qui lui a fait un œil au beurre noir.

Je ne peux pas gagner.

Une fois nettoyée, n'étant plus un aimant à abeilles ou à guêpes, je sors dans un long couloir et j'aperçois Declan et son frère, Andrew, à l'autre bout.

En parlant de la reine des abeilles.

C'est une illusion d'optique, n'est-ce pas ? C'est mon cerveau qui l'a créée. Ils font trois pas sur la gauche et disparaissent. Le long couloir au sol immaculé forme un tunnel de lumière blanche qui débouche sur une paroi vitrée à l'extérieur du bâtiment. Je me sens comme dans un film sur la mort et l'au-delà.

C'est comme renaître.

Qu'est-ce que Declan peut bien faire là ? Nous sommes samedi, et nous sommes de l'autre côté de la baie. Il n'y a aucune raison pour que son frère et lui se trouvent dans ce gratte-ciel à moins que...

Je scrute les murs près des portes des toilettes. Si j'ai raison, je le saurai en moins d'une minute. Et... bingo. « Employés seulement »

Et à côté de cette porte, il y a une petite pancarte sur laquelle on peut lire :

« Géré par Anterdec Industries »

Sa société est propriétaire de ce bâtiment, et cinq mille coureurs et amis l'utilisent comme QG de la course. Mon cœur se met à battre la chamade et mes paumes à transpirer, car je suis sur le point de le revoir pour la première fois depuis notre dernière rencontre désastreuse.

Tout ça à cause de quelques abeilles dehors.

Peut-être Andrew a-t-il raison. Et si le fait de vous isoler du reste du monde parce que vous savez qu'il y a un ennemi mortel, sociopathe et prêt à vous détruire d'un seul coup, était la bonne décision après tout ? Et si un seul soupir, un seul sourcil levé, une seule moue, un seul regard dédaigneux pouvait vous écraser ?

Feriez-vous tout ce qui est en votre pouvoir pour vous en éloigner – pour toujours ?

Toute personne d'intelligence moyenne et avec un minimum de bon sens dirait probablement oui.

Surtout mon cœur. Car je n'irai pas jusqu'aux mêmes extrémités qu'Andrew pour me protéger d'une piqûre absolument aléatoire, totalement fortuite et hautement imprévisible, mais je pourrai bien sceller hermétiquement mon cœur parce que...

C'est tout simplement trop difficile.

Soudain, je comprends mieux le frère de Declan. J'emmerde le monde – je vais juste me construire une bulle sans même chercher à me justifier. C'est le monde qui devra s'adapter. Team Andrew jusqu'au bout.

Je devrais prendre des oranges et du Gatorade et les lui jeter. Mais peut-être un peu plus à gauche, là où se trouve Declan.

Je marche lentement dans le couloir vers la lumière du soleil, heureuse de porter des tennis, qui ne font pas un seul bruit sur le sol. J'entends les murmures de deux voix d'hommes et je ralentis. Quel dilemme !

Dois-je passer devant eux en montrant que je les ai vus, ou passer devant eux et faire comme si je n'étais pas là ?

Je n'étais pas là.

Vous avez vu comment j'ai dit ça ? Je ne fais pas comme s'*ils* n'étaient pas là. C'est moi. Je me rends invisible parce que je ne connais pas d'autre moyen.

— Tu devrais lui dire quelque chose, dit Andrew.

Je me fige. Une poignée de personnes font des allers et retours au bout du couloir, portant toutes des shorts et des planchettes à pince. La tête de la course ne va pas tarder à arriver, et je suis censée me rendre utile quelque part.

Mais je ne voudrais manquer cette conversation pour rien au monde. Cela vaut la peine d'encourir la colère d'Amy.

— Jessica est là. Je ne veux pas mettre d'huile sur le feu.

Elle, c'est Jessica ? Bouhhh. Sifflets. Elle est ici ? Je vais retourner dehors et risquer les abeilles et les guêpes pour prendre un énorme récipient de Gatorade et ça va chauffer pour elle. Je vais la coincer et la faire parler, lui faire ouvrir ses lèvres de truie botoxée et...

— Mais tu ne sors pas avec Jessica.

Ah bon ? Ouf !

— Et je ne sors pas avec Shannon.

Oh ! Oh ! Alors, elle, c'est moi !

— *Ce qui est stupide.*

TEAM ANDREW ! Je savais que j'aimais ce type !

— Quoi ? Ma vie amoureuse ne te regarde pas.

— Suivre les ordres de papa n'est pas vraiment ton mode opératoire habituel, Declan.

James ? Qu'est-ce que James a à voir avec le fait que Declan sorte avec moi ? Des ordres ?

Je me faufile tel un ninja contre le mur texturé et tapissé, mais avec mes nichons, je ressemble autant un guerrier silencieux pouvant se rendre invisible et discret que LeBron James ressemble à Mère Teresa en termes d'humilité.

J'essaie quand même, car espionner cette conversation est probablement la mission la plus importante de toute ma vie.

— Ce n'est pas à cause de papa que j'ai rompu avec Shannon et tu le sais très bien, Andrew.

Declan pousse un long soupir de colère et je l'imagine, même si je ne le vois pas, faire courir une main tremblante dans ses cheveux. Cela fait un mois que je ne l'ai pas vu, et je ne peux pas l'observer d'aussi près que je le voudrais. Ses cheveux ont-ils poussé ? N'a-t-il plus cette coupe hyper courte ? Est-ce qu'il les coupe régulièrement ? Est-ce qu'il sent encore…

Andrew rit, comme seul un frère peut rire.

— Alors tu es encore plus ridicule que je ne le pensais. Ne pas énerver papa est une chose. Larguer la première femme dont je te vois tomber amoureux est tout aussi bête, et ta raison est stupide. En plus, elle a une amie sexy.

Tomber amoureux ? Raison ? Une amie sexy ? Il trouve qu'Amanda est sexy ? Je dois le lui dire pour qu'elle fuie les abeilles tueuses et vienne ici et…

Attendez – QUELLE RAISON ? Peut-être que je n'ai pas besoin de kidnapper Jessica après tout. Je tends le cou. Ma tête dépasse désormais de plusieurs centimètres du bout du couloir. Je vais forcément me faire démasquer, mais je m'en fiche. Il faut que je sache. J'ai besoin de savoir. Il n'a rien voulu me dire quand je le lui ai demandé, et maintenant cette conversation informelle m'en apprends plus long que je ne l'aurais imaginé.

— Papa se trompe sur beaucoup de sujets, mais pas sur celui-ci, dit Declan.

— Dec.

La voix d'Andrew est soudain si douloureuse que je me fige. Parfois, une syllabe peut contenir plus d'émotion que mille mots.

Une tristesse involontaire me remplit.

— Ce n'était pas de ta faute, poursuit Andrew.

Qu'est-ce qui n'était pas de sa faute ? Notre rupture ? Parce que c'était bien de la faute de Declan ! Ce n'est pas moi qui l'ai jeté dans le couloir de son entreprise pendant que le type du courrier assistait à la scène avec un chariot plus grinçant qu'un homme de fer rouillé.

C'est un de ces moments où le sang me monte aux oreilles, où je peux compter les molécules de mon souffle, où le plafond semble soudain plus bas, et où les murs s'étendent comme à l'infini.

Je sens que c'est un tournant dans ma vie, en bien ou en mal.

— Tu n'arrêtes pas de dire ça, répond Declan. Depuis dix ans.

Dix ans ? Il ne me connaît que depuis un mois.

— Et je te le répéterai pour le restant de mes jours, ajoute Andrew.

Je l'entends prendre une profonde inspiration, prêt à en dire plus, et juste au moment où je pense que je suis sur le point de comprendre, que tous les engrenages vont se mettre en place et que je vais enfin savoir pourquoi Declan a rompu avec moi, et comment – peut-être – je peux le reconquérir, j'entends :

— Oh. Bonjour.

La voix de Declan est tendue. Il parle clairement avec quelqu'un qu'il ne s'attendait pas à voir. Jessica a-t-elle interrompu ma conversation ?

La mienne.

Parce qu'ils parlent de *moi*.

— Declan.

La voix est grave, rocailleuse et très en colère.

Cette voix, c'est celle de mon père. D'un air crispé, il se présente à Andrew, dont la voix descend d'une demi-octave. On dirait un groupe de jeunes gorilles qui rencontrent un nouvel orang-outan qu'ils n'ont jamais vu auparavant, mais qui perturbe l'ordre social non seulement parce qu'il est étrange, mais aussi parce qu'il montre assez clairement qu'il ne faut pas le chercher.

Mon *père*. Celui qui m'a laissé peindre ses ongles de pied en rose quand j'avais sept ans et qui se promenait en tongs sur la plage ? L'ancien véto qui a volé ma mère au père de Declan ?

Andrew s'excuse et les laisse.

N'aie pas besoin de faire pipi. N'aie pas besoin de faire pipi. N'aie pas besoin de faire pipi, prié-je, et il ne tourne pas à l'angle.

S'il l'avait fait, nous aurions pu nous embrasser, tant mon oreille est proche du couloir.

Mon ex et mon père sont sur le point de s'affronter. Une vague de chaleur et de terreur fait picoter ma peau. Si on m'avait dit qu'un de mes parents confronterait Declan, j'aurais pensé à ma mère, comme elle l'avait fait avec Steve chez le glacier. Pas… à mon père.

— Comment allez-vous ? demande Declan sur le ton de la conversation.

Sa voix est si neutre qu'elle ressemble à une série d'extraits sonores, comme les serveurs vocaux des grandes entreprises. Comment – allez – vous ? Il ne pourrait pas avoir l'air plus robotique s'il essayait. Je l'ai vu dans suffisamment de situations tendues pour savoir que ce n'est pas sa réaction normale.

— Je me passerai bien d'échanger des banalités, répond mon père.

Sa voix est grave, remplie d'une colère froide. Un sentiment de danger émane de cette bouche, et j'entends un aspect de lui que je ne connaissais pas.

Il y a longtemps, ma mère m'a dit une chose que je n'ai pas comprise. Elle a dit :

— Épouse un bêta alpha.

— Un quoi ?

— Un bêta alpha. C'est un type d'homme. Tu sais ce qu'est un mâle alpha, n'est-ce pas ? Le type dominant, sûr de lui, un peu arrogant, qui t'agace juste assez pour que tu le détestes, mais qui est si puissant et autoritaire que, malgré toi, tu as envie de coucher avec lui. Désespérément.

— Euh, oui.

Elle m'avait dit ça juste après la rupture avec Steve, et si j'avais dû coucher avec quelqu'un, ça aurait été Ben & Jerry.

— Un bêta alpha est différent. C'est un homme qui semble plus docile. Soumis, même.

— Comme papa.

Elle avait ri.

— Comme ton père, mais ne te méprends pas, Shannon. Jason décide quand il le faut. Nous sommes égaux – nous l'avons toujours été, nous le serons toujours –, il ne se soucie simplement pas des choses insignifiantes comme moi.

— Papa a un côté alpha ? Il le cache où ? Dans ton sac à main ?

Elle avait levé un doigt parfaitement manucuré et me l'avait agité devant le nez avec vigueur.

— C'est là que tu te trompes. Ton père, on peut le pousser, encore et encore, et il ne nous repoussera pas tant que l'on n'aura pas franchi sa ligne. Cette ligne se trouve bien plus loin que celle de la majorité des hommes, mais elle existe bien.

— Une ligne ?

— Si tu franchis la ligne d'un bêta alpha, c'est l'alpha qui ressort. Et il faut beaucoup, beaucoup de temps pour le faire disparaître. Et ne va pas imaginer qu'il est moins impressionnant parce que c'est un bêta la plupart du temps.

Elle m'avait regardée longtemps, d'un air sévère.

— Les bêtas alphas l'emportent toujours, toujours.

— Sur qui ? Les alphas alphas ? avais-je ricané.

Devant son sourire nostalgique, mon cœur avait manqué un battement.

— Sur tous les autres hommes qui pensent avoir le droit de franchir la ligne des personnes que ton père aime.

Je pense que Declan vient de trouver cette ligne.

— Des banalités. Non.

Declan ne pose pas de question. Il ne demande pas de clarification.

Le silence abject qui s'ensuit me donne l'impression de flotter jusqu'au plafond, comme si la gravité avait cessé d'exister avec ce simple « Non », comme si toutes les lois de la physique n'avaient plus d'importance, parce que mon père et Declan s'affrontent à mon sujet.

Moi.

— Tant mieux. Je ne suis pas là pour vous hurler dessus ou pour me venger, ou… – Mon père prend une longue bouffée d'air, et je l'imagine danser d'un pied sur l'autre, les orteils crispés tandis qu'il lutte et se force à poursuivre –, mais je suis là pour vous dire que si vous avez rompu avec Shannon à cause de ce qui est arrivé à votre mère, alors vous devriez peut-être reconsidérer la question.

Votre mère ? Mon père sait ce que j'essaie de comprendre depuis une semaine ? C'est comme si Dieu avait pris le monde et l'avait secoué, fort, comme une boule de neige.

— Excusez-moi ?

Mon père rit, mais ce n'est pas le rire doux de mon enfance, ni le grondement bruyant d'un rire forcé, mais un son plus nuancé, masculin et plus dangereux.

— Steve a été le dernier homme à faire du mal à Shannon. Je ne l'ai jamais aimé.

La voix de mon père se fait plus rauque. Il adopte le ton de la confidence. Je vois ses doigts se contracter sur sa hanche, comme s'il se retenait de saisir le coude de Declan et de le rapprocher pour lui révéler un secret.

— Je ne l'ai jamais aimé, poursuit mon père en plissant les yeux. J'ai fait semblant. J'ai fait comme si tout allait bien, mais il y avait toujours quelque chose qui n'allait pas chez lui. Il était obséquieux. C'était un manipulateur. Le genre d'hommes qui considèrent les gens comme des sacs à viande qu'ils utilisent pour servir leurs intérêts, puis qu'ils jettent quand ils ont fini.

Declan fait un bruit étrange avec sa gorge. Probablement un code propre aux hommes signifiant « continuez ».

— Mais vous n'êtes pas du tout comme Steve.

Je peux entendre le sourire de Declan.

— Je vous ai apprécié dès que je vous ai rencontré, et je sais que Shannon est tombée amoureuse de vous. Vraiment. Le genre de choses qui n'arrive qu'une fois dans la vie. Ce moment où vos yeux rencontrent ceux d'une parfaite inconnue et où vous réalisez que vous êtes fichu. Conquis. Vous venez de rencontrer l'amour de votre vie et l'expression « pour toujours » ne semble plus être un simple fantasme. Elle vous regarde fixement au travers d'un chien blessé.

— Hein ?

Mon père rit à nouveau.

— C'est une longue histoire. Dans votre cas, elle vous regardait depuis les toilettes des hommes.

Declan grogne.

Je ne peux plus rester dans mon coin. M'avançant lentement, la joue contre le mur, je positionne mon œil afin de pouvoir voir mon père.

Son visage devient si sérieux qu'on dirait qu'il a réinitialisé son noyau émotionnel.

— Mais peut-être que je vous ai mal jugé. Peut-être que vous ressemblez plus à votre père que je ne l'aurais jamais imaginé.

— Mais qu'est-ce que mon père a à voir avec tout ça ?

— Je pense que vous savez très bien que James a beaucoup à voir avec ce que *vous* faites à Shannon en ce moment. Et je ne peux rien faire pour vous arrêter, mais je ne compte pas me taire non plus.

Devant leur conflit, mon cœur ricoche contre ma cage thoracique, et j'ai l'impression de flotter alors que les deux hommes auxquels je tiens le plus au monde se font face. Le visage de mon père est si rouge qu'il semble sur le point de faire une crise cardiaque, et les narines de Declan sont aussi évasées que celles d'un taureau.

— Vous êtes exactement comme votre père, dit le mien, le mettant K.O.

Apparemment, la gravité cesse d'exister, car je tombe, en état de choc. Mon corps s'envole et s'effondre dans le couloir, mon épaule et mon genou viennent se fracasser contre le sol poli, et mon cri de surprise résonne dans l'immense bâtiment comme un coup de feu qui ricoche.

Je suis affalée sur le côté, et ma hanche et mon épaule sont au supplice. Je lève les yeux et je vois mon père, complètement abasourdi. Sa mâchoire tombe tellement sous l'effet du choc qu'elle repose à côté de moi comme un oreiller.

Et Declan sourit.

CHAPITRE 11

Malgré tous ses efforts, il est incapable de cacher le sourire qui est spontanément apparu sur son visage, même si son jeu d'acteur est vraiment bon.

— Je teste juste mon imitation de Lucille Ball, dis-je en roulant sur le dos, inquiète à l'idée de me lever.

C'est bien moins visible que si je boitais, de toute façon.

— Je peux lui marcher dessus, maman ? demande un petit enfant alors que sa mère le traîne par la main en allant aux toilettes.

Elle est vêtue de vêtements de course blancs, et le petit garçon ne porte rien d'autre que du blanc, lui aussi.

— Non. Tu pourrais te salir, dit-elle.

— Vous devez être la sœur de Jessica Coffin, lui lancé-je.

Elle m'ignore.

Les yeux de Declan s'illuminent, mais il ne sourit pas. Mon père se penche pour m'aider à me relever, mais je lui fais signe de s'éloigner.

— Vous étiez sur le point de comparer la taille de vos pénis, alors je ne voudrais pas vous interrompre.

Je ne pensais pas que la mâchoire de mon père pouvait tomber davantage, mais c'est le cas. Un pan de la bouche de Declan se relève, lui donnant une expression étrange. Il me regarde d'un air à la fois contradictoire et déterminé. Il ressemble au directeur sévère d'une école préparatoire pour filles, le summum de l'autorité et un modèle de comportement en toutes circonstances.

Mais il est tout aussi susceptible d'emmener les filles plus âgées dans son bureau pour leur donner une fessée quand elles se sont mal comportées.

Des parties de moi qui ne sont pas censées irradier en ce moment ressemblent à des taches solaires. Et des parties de moi qui ne sont pas censées être mouillées le sont. Le tout devant mon père, qui me tient le coude comme s'il me tirait des rapides du fleuve Colorado en pleine crue soudaine.

— Shannon ! s'exclame mon père, sa voix passant du ton belliqueux et dominateur qu'il vient d'utiliser avec Declan au ton de père gentil et inquiet que je connais si bien.

Toutes les informations que ma mère m'a données sur lui et sur le James d'il y a trente ans tourbillonnent en moi. Je suis incapable de réfréner mes pensées. Mais personne ne peut basculer impunément d'une attitude à l'autre. Ses muscles sont tendus sous sa bedaine de père de famille, et son regard me fait un peu peur pour Declan.

Une fois que l'alpha est libéré…

— Pourquoi parles-tu de pénis, Shannon ? ajoute Declan, puis il secoue la tête.

Entre mon père et moi, une lutte entre deux approches fait rage en lui. Je le vois bien. M. Cool essaie de gagner.

Péniche, ne puis-je m'empêcher de penser. Puis je glousse en me levant, massant mon épaule endolorie. Il plisse ses yeux verts et s'assombrit. Il me regarde d'un air de défi.

M. le Crétin prend apparemment la relève. C'est le même gars que j'ai vu il y a un mois. Celui qui ne fait pas de quartier. Méprisant et renfermé, il ne vaut pas la peine qu'on lui parle.

Puis, Declan me surprend.

— Jason, dit-il, en se tournant pour tendre la main à mon père. Content de vous voir.

Tous deux s'agrippent l'un à l'autre comme une strip-teaseuse qui s'accroche à sa barre après avoir cassé son talon.

Mon père est court-circuité. Mais son regard se durcit, et bien qu'il soit plus âgé et plus tendre, il ne compte pas partir.

— Ravi de vous voir aussi, Declan.

Tous deux me regardent pendant une microseconde et comme des nageurs synchronisés, croisent les bras sur la poitrine, froncent les sourcils, tendent le cou et pincent les lèvres.

Qui sont ces personnes ?

Je ne veux pas blesser la virilité de mon père, mais je ne veux pas non plus manquer la première occasion de parler à Declan depuis ce qui semble être une éternité. Comme mon cerveau se met en veille dans des moments aussi bouleversants que celui-ci, je laisse échapper la première chose qui me vient à l'esprit :

— Andrew pense qu'Amanda est sexy ?

Declan baisse la tête, se mordillant les lèvres de cette façon super sexy qu'il a de s'empêcher de rire, qui me donne encore plus envie de lui.

— Alors comme ça, on écoute aux portes ? Mon père avait raison.

Un brasier de fureur m'envahit. Il cherche des raisons – vraiment stupides – pour que notre rupture soit de ma faute. Ce n'est pas de ma faute. Mais même au milieu de cet incendie, mon cœur bat pour lui. Bon sang. Il est temps de l'éteindre avec les mots justes.

Qui sont...

Aux abonnés absents. Parce que je suis si heureuse d'être à quelques pas de lui, de le regarder, de sentir ses yeux sur moi. Je ne trouve pas quoi dire, parce qu'il n'y a rien à dire. Si je dis quelque chose maintenant, quoi que ce soit, ce sera probablement du charabia qui donnera l'impression que je m'adonne au parler en langues lors d'un réveil évangélique.

Alors je le regarde comme Dory le poisson. Je le fixe...

Et il fait de même.

Mon père s'éclaircit la gorge et me regarde avec considération, le genre de regard qu'on lance à quelqu'un qui nous impressionne. Comme s'il m'avait sous-estimée et avait reconsidéré sa décision sur la base de preuves que j'ignorais avoir fournies.

— Je vais vous laisser discuter, annonce-t-il, en me faisant un clin d'œil. Ai-je neutralisé le bêta alpha ?

Ou bien mon père se contente-t-il de s'en remettre à moi parce qu'il a confiance en ce qu'il est ?

Je ne suis pas nerveuse. Pas d'anxiété, d'inquiétude, de peur ou quoi que ce soit. Je suis présente. Ici, pleinement, en compagnie de Declan.

Et prête à parler.

— Ton père avait raison à quel sujet ? demandé-je à Declan, qui fronce légèrement les sourcils, confus.

Il glisse une main dans la poche de son pantalon et il plaque l'autre contre le mur, comme s'il le soutenait.

Comme s'il soutenait le monde.

Les mots d'Andrew me traversent l'esprit, mais je suis incapable de les analyser face à Declan. Je ne peux pas le sentir, respirer son air, observer le mouvement de son corps sous son costume et sa chemise tout en disséquant ce que son frère voulait dire il y a quelques instants.

Tout ce que je peux faire, c'est demander à la source et voir si elle me révélera de nouvelles vérités.

Mais pourquoi le ferait-il ? Dans son esprit, je ne suis que la femme qui l'a utilisé pour son argent et ses relations.

— Qu'est-ce que tu veux dire ?

Il fait son timide. Il sait que j'ai entendu sa conversation avec Andrew et au lieu de dévoiler ses cartes, il martyrise mon cœur. Il le renverse et le secoue comme un pickpocket roulant une victime.

— Qu'est-ce qui n'est pas de ta faute ? De quoi Andrew parlait-il ? Il s'est passé quelque chose il y a dix ans et tu te le reproches.

Tout son sang quitte son visage, mais il ne change pas d'expression. Ses yeux sont durs à présent, sa bouche immobile. Pas de réponse. Aucune réaction.

Juste un *non* silencieux.

Mais je refuse le non, car j'ai décidé que je pouvais le faire. Les autres ont le droit de s'écouter, et moi aussi.

Moi aussi.

Ce que je veux est tout aussi important, et si quelqu'un a une opinion différente, il peut l'exprimer. Mais au lieu de vivre ma vie comme une chaîne de réactions géante aux réactions des autres, je vais agir.

Agir.

Et réfléchir plus tard.

Je pose ma main sur la sienne, celle qui est appuyée contre le mur. Quand je touche sa peau, je le sens trembler. Trop doué pour cacher ses émotions, il garde toutefois un visage de marbre.

Il n'a pas à faire ça avec moi.

Et il ne bouge pas sa main. S'il l'avait fait, il aurait entraîné mon cœur avec lui, et j'aurais été incapable de supporter une telle blessure.

— Declan ? insisté-je, ma voix aussi tendre que possible. Où étais-tu ?

Sa bouche est figée en un masque dur, crispé et impitoyable, mais il plisse les yeux d'un air interrogateur, lisant sur mon visage. Puis la tension de sa mâchoire diminue, comme si une couche se détachait.

Ses lèvres s'entrouvrent et une fine ligne blanche apparaît entre elles lorsqu'elles commencent à former un mot, le début d'une phrase qui brisera le mur qui a été érigé entre nous.

— Je me faisais approuver.

Il le dit d'un ton sec si nuancé que je ne sais pas si je dois rire ou être offensée.

Et puis...

— Vous n'avez rien à faire là, dit la voix glaciale d'une femme derrière moi.

Elle est froide comme la mort.

Je me retourne.

Pas loin.

C'est Jessica Coffin.

Declan ne bouge pas sa main. Je me raccroche à ce seul fait.

C'est littéralement tout ce à quoi je peux me raccrocher en ce moment.

— Vous êtes là pour sortir les poubelles ? Vous n'avez pas besoin de cette petite voiture bizarre avec des selles sur le toit ? dit Jessica avec un ricanement.

— Non, dis-je en la regardant droit dans les yeux, inébranlable. Si j'ai besoin d'une merde pour faire mon travail, lui dis-je en la détaillant lentement de haut en bas, je peux en trouver une n'importe où. Même sur Twitter.

Ses yeux se fixent sur ma main. Celle qui touche Declan. Celui qu'il ne bouge pas.

Se refermant à nouveau, il me fixe, puis son regard se dirige vers elle.

— Tu nous as interrompus, dit-il froidement.

Est-ce qu'il me parle ? Non. Je les ai interrompus, lui et son frère, pas lui et Jessica. Au lieu d'ouvrir la bouche et de bégayer des excuses absurdes, j'inspire lentement, aussi silencieusement que possible, et je garde les yeux rivés sur Declan, en faisant comme si Jessica n'existait pas.

Ce retournement de situation est bien mérité.

— La course est bientôt finie. On nous attend pour des séances de photos.

Sa langue roule à l'intérieur de sa joue, en un geste si masculin qu'elle ressemble l'espace d'un instant à Ann Coulter.

Declan cligne des yeux une seule fois, mais ses doigts bougent juste assez pour serrer les miens affectueusement, à ma grande surprise.

— J'arrive.

Elle hausse les sourcils et le regard qu'elle me lance me montre clairement qu'elle pense que je mérite ma voiture.

— Ne perds pas ton temps. Nous avons des choses plus importantes à faire.

Il renifle avec ironie.

— Le monde ne s'arrêtera pas si je ne suis pas sur une photo à la ligne d'arrivée, tenant un ruban.

On dirait qu'elle vient de recevoir une gifle.

— Lorsque ton entreprise a fait des dons importants pour soutenir cette œuvre de bienfaisance, ça signifiait…

— Je sais ce que ça signifiait.

Il est dur comme le fer. L'acier. Le titane. Mais son pouce caresse le dos de ma main, et malgré sa dureté, je me ramollis, mes entrailles se tordent comme des draps de soie, mon esprit s'égare et je ressens une sensation de flottement qui m'empêche de respirer normalement.

— Ne gâche pas ça pour tout le monde, Declan, lance-t-elle.

— Tu devrais suivre ton propre conseil, Jessica, dit-il avec un calme olympien. Comment vont les affaires ?

Elle s'en va en marmonnant.

Je ne sais pas quoi dire. Il se tient juste devant moi et me touche. Ma main est au centre de l'univers. Ses yeux sont un soleil lointain. Un million de questions me trottent dans la tête, mais je ne peux m'attarder sur aucune d'elles assez longtemps pour les traduire en un discours cohérent.

J'entends un homme crier près de la porte d'entrée.

— Mon Dieu ! Faites-la sortir d'ici !

C'est Andrew, qui recule vers l'ascenseur.

Cela ressemble à une mouche, mais je sais que ce n'en est pas une.

C'est tellement plus.

Le visage de Declan change à nouveau.

— Je suis désolé. J'aimerais que ce soit différent, mais mon père a raison.

Et sur ces mots, il me serre fort la main, le visage rempli de regrets, puis il me lâche. Le martèlement de ses chaussures sur le marbre me fait l'effet de coups de feu.

CHAPITRE 12

Monter les marches du bureau, dans un bâtiment digne du bloc soviétique, me donne l'impression d'être l'une de ces femmes surmusclées de l'équipe d'haltérophilie du Belarus. Sauf que je boite et que je gémis, et j'ai l'impression que mes pectoraux et mes fessiers ont été envoyés en Sibérie pour y être rééduqués.

Depuis trois semaines – depuis que j'ai vu Declan – ma vie est un enchaînement de salles de sport. Quarante-sept en vingt jours, pour être exacte. Cela en fait plus de deux par jour. On entend mes quadriceps hurler et j'expose plus de cellulite par heure que sur une plage de Cape Cod en août.

En raison de rumeurs de contre-performances continues et persistantes des coachs personnels d'une chaîne de salles de sport de la région, je dois faire semblant d'être une nouvelle cliente qui veut essayer la promotion « première heure gratuite ». Les salles de sport envoient généralement les coachs personnels les moins expérimentés pour ces offres, mais celle que je viens de quitter sortait du lot. C'était une femme de soixante-dix-huit ans, culturiste professionnelle, qui avait plus de muscles que mon père, Steve et peut-être Declan réunis, et dont la peau était de la couleur du vieux fauteuil en cuir de la tanière de mon père.

Elle sentait d'ailleurs pareil.

Ses dents étincelantes témoignaient d'une grande consommation de chewing-gums blanchisseurs et ses yeux étaient remarquablement vifs et alertes pour une personne née avant la Seconde Guerre mondiale. Pas de peau flasque sous les yeux, pas de poches du tout. Sa mâchoire était si musclée qu'elle ressemblait à un bouledogue vieillissant.

Cette femme m'avait fait travailler comme Jillian Michaels avec un groupe d'adolescents bavards envoyés dans un camp de rééducation chrétien dans l'Utah. Je n'ai pas eu les cuisses qui tremblaient autant depuis...

Declan.

Bon sang. J'essayais vraiment de ne pas penser à lui, mais mes adducteurs hyperactifs s'acharnent à rappeler son souvenir à moi. Trois semaines se sont écoulées sans le voir, sans avoir de nouvelles de lui, et pourtant il est dans mon esprit, dans ma peau, au plus profond de mon cœur.

Toujours.

J'utilise mes deux mains pour hisser ma jambe droite sur la première marche en ciment. Elles sont au nombre de neuf. Neuf. Comme si mes jambes criaient « *nein !* ». La douleur me rend bilingue.

Je suis sur la quatrième marche quand Josh apparaît à côté de moi. Ses jambes fonctionnent. Il peut monter ces escaliers comme Richard Simmons après avoir bu cinq Red Bull.

— Qu'est-ce qui ne va pas ? demande-t-il joyeusement, sachant très bien pourquoi je boite.

Nous ne pouvons pas lui confier ces salles de sport, parce que la mission s'adresse exclusivement à des femmes.

— Pas assez de fibres dans mon alimentation, murmuré-je.

Il devient livide.

— Je pensais que c'était à cause de toutes ces salles de sport.

Il s'ébroue.

— Je sais que ça ne vient pas d'une folle partie de jambes en l'air.

— Pendant la réunion du personnel aujourd'hui, je vais dire à Greg de t'attribuer le rôle de futur père impliqué dans toutes ces banques de sang de cordon ombilical à venir.

Son visage pâle me fait sourire à l'intérieur, car Josh ne supporte pas les hôpitaux.

— Tu n'oserais pas !

Avant que je puisse répondre, il lève la main et secoue tristement la tête.

— En fait, tu le ferais, dit-il, en sautant les marches restantes comme Peter Pan et en me tenant la lourde porte.

— Merci. Reste là pendant encore trente-sept minutes et je devrai arriver jusqu'à toi.

Un étrange bruissement derrière nous nous fait nous retourner. C'est Amanda, qui donne un coup de pied dans une boîte de la taille d'une petite ottomane sur le parking.

— Qu'est-ce que tu fais ? lui lance Josh.

— Je n'ai plus de bras, gémit-elle. Juste des appendices déchiquetés, comme des nouilles.

— Les salles de sport ? m'écrié-je.

L'utilisation de mon diaphragme me lance entre les côtes. Maintenant, ça me fait mal de parler ? J'ai besoin d'une indemnité de combat pour ce travail, vraiment.

Josh lâche la poignée de la porte et descend les escaliers en courant.

— Hé ! protesté-je.

— *Oh allez*, me lance-t-il. Je pourrais conduire jusqu'à Starbucks et nous prendre tous des lattes et revenir et tu serais toujours sur la huitième marche. Je peux bien aller aider Amanda.

Il a raison. Je me sens comme une tortue atteinte de fibromyalgie.

Josh remonte l'escalier à toute allure, la boîte à la main, comme s'il était Superman. En portant les affaires d'Amanda sur un bras, il utilise l'autre pour me tenir la porte.

— Frimeur, disons Amanda et moi à l'unisson.

Je la regarde et j'ai le souffle coupé.

— Qu'est-ce que tu portes ?

Elle ressemble à l'incarnation humaine du grain de café/excrément sur le toit de ma voiture.

— L'uniforme de lavage de voiture. Je dois aller faire semblant d'être une employée pour le reste de la journée.

— Avec des bras non fonctionnels ?

— C'est ce que j'ai dit ! Greg abuse !

— Et c'est ça l'uniforme ? couine Josh en riant. Je n'ai pas vu autant de polyester depuis que j'ai regardé le film *Boogie Nights* avec mon petit ami.

Amanda et moi faisons une pause, plutôt bienvenue.

— Ton petit ami ? demandons-nous en stéréo.

Josh rougit.

— Eh bien… OUI ! J'ai un petit ami, dit-il en criant.

Nous crions tous.

Greg ouvre une fenêtre et sort la tête.

— On dirait que vous rejouez cette scène de *Délivrance*. Vous allez vous en remettre ?

— On parlait juste de nos voitures et du fait qu'on adore conduire des boîtes de conserve humiliantes, lui renvoie Amanda.

Tchack. La fenêtre se referme.

Josh commence à nous parler de Cameron alors que j'arrive à la septième marche et que je réalise que Josh, ce petit geek maladroit et socialement inadapté, a un petit ami.

Et pas moi.

Je sens les larmes piquer la peau douce autour de mes yeux, éloignant de mon attention mes muscles endoloris. J'inspire lentement par le nez et je saisis ma jambe pour la lever. Huit. Il me reste encore une marche à monter. Ne pleure pas jusqu'à ce que…

Trop tard.

— Tu es superbe ! dit Josh alors que je tire sur ma jambe pour atteindre le sommet. Toutes ces salles de sport te tonifient.

— Pas vraiment. Je mange plus de glace pour compenser.

— Pour quoi ? Amanda pouffe de rire. Tu devrais faire trente-sept heures de CrossFit par jour pour compenser la quantité de glace que tu manges.

Je suis sur le point de répondre, mais elle monte les escaliers juste derrière moi, me donnant un coup d'épaule. Je trébuche et suis obligée de faire trois pas de suite.

— Tu as une tête à jouer dans *The Walking Dead*.

— Et toi tu pourrais jouer dans *Honey Boo Boo*.

— Qu'est-ce que ça veut dire ?

— Je cherchais quelque chose d'offensant.

— Eh bien, c'est réussi, en plein dans le mille.

Nous arrivons aux escaliers. Pas d'ascenseur. Josh et Amanda me passent devant et je suis reconnaissante pour cette trêve. Il me faut dix-sept minutes pour arriver au bureau. Je suis en retard pour la réunion du personnel.

Au moment où j'entre, j'entends Greg dire deux phrases différentes :

— Shannon et toi, vous pouvez faire la boutique Catch My Vibe avec sa mère.

et

— The Fort est réservé à Shannon, conformément aux instructions de James McCormick. Ça ne sert à rien de me menacer, Amanda.

Greg sourcille juste assez pour montrer qu'il est préoccupé.

Les deux phrases me font peur, mais pas assez pour que j'oublie la douleur lancinante de mes jambes.

— Attends – quoi ? demandé-je.

Trois visages se tournent vers moi. Amanda est ouvertement hostile.

— Elle peut à peine bouger ! plaide Amanda, faisant des gestes sauvages de la tête, les bras immobiles.

— Prends ton stylo et écris ton nom, dis-je calmement.

Elle a pris des leçons de regard noir avec Chatounet.

— C'est déjà décidé, annonce Greg. Tu auras ta chance plus tard cet été, lui explique-t-il.

Elle se penche pour boire avec une paille que quelqu'un a enfoncée dans sa canette de soda light.

Lorsque je me penche pour m'asseoir sur ma chaise, j'entends mes tendons se briser comme le câble d'une grue subissant une forte tension. *Ping !*

Greg nous regarde avec méfiance. Josh ajuste la paille d'Amanda.

— Qu'est-ce qui ne va pas chez vous ?

Greg pose enfin la question, bien qu'il semble aussi désireux d'entendre la réponse que je le suis de connaître les détails de la vie sexuelle de mes parents. Et, comme moi, Greg est sur le point d'en savoir plus qu'il ne le voudrait.

— J'ai dû balancer plus de poids entre mes jambes que tu ne pourrais jamais l'imaginer, se lamente Amanda.

Toutes les couleurs quittent le visage de Greg, comme lorsque l'eau s'en va après un tsunami. Ses couleurs reviennent si vite qu'il ressemble à une grosse betterave rouge.

— Hum, je voulais dire ce qui ne va pas sur le plan *professionnel*. Je n'ai pas besoin de connaître votre vie sexuelle, précise-t-il.

— C'*était* pour le travail ! Cet athlète bulgare médaillé des J-O de la salle d'Union Avenue m'a fait enchaîner les répétitions de kettlebell de 20 kg jusqu'à ce que je n'en puisse plus.

Greg pousse un long soupir.

— Oh, *ce* genre de poids entre les jambes !

Il est tellement soulagé.

— Tu pensais que je parlais de quoi ? demande-t-elle.

— Peu importe, répondons Greg, Josh et moi.

— Je pensais que tu étais contrariée à propos de The Fort.

— Je suis contrariée par ça aussi, ajoute Amanda. Mais je veux surtout m'envoyer en l'air.

— Ne me regarde pas, dit Josh en levant les mains.

— Moi non plus, murmure Greg si doucement que je suis la seule à l'entendre.

— Je pense qu'on est en train d'oublier le professionnalisme, lui chuchoté-je à l'oreille.

— C'est la maudite boutique de sex-toys que j'ai faite avec ta mère !

— Quelqu'un veut du café ? lance Greg.

Josh saute sur l'occasion et ils fuient la pièce.

— Note à moi-même, dis-je. Parler de ma vie sexuelle pour que les mecs m'offrent un café gratuit au travail.

— Oh, et tiens, dit Amanda, comme si elle n'avait pas été interrompue.

Elle agite un bras vers son sac géant Vera Bradley, ses mains pendant comme celles d'un T. rex, inefficaces et inutiles. En temps normal, j'aurais pitié d'elle, mais je me délecte de sa douleur.

Après ce qui me semble être une heure, elle sort une bouteille d'eau. Une de ces grandes bouteilles d'eau en plastique rose et blanc qui…

A une tête de champignon géante à son extrémité et un bouton de mise en marche.

— Est-ce que c'est un… OH MON DIEU, AMANDA ! m'écrié-je, écartant la monstruosité d'un geste vif.

Il tombe par terre et sous le choc, le bouton de mise en marche s'enfonce. Je sens une lente vibration contre mon pied.

— Quoi ? Il vient du magasin de sex-toys. On dirait que tu n'as jamais vu de vibromasseur avant !

— Pas au travail ! Pas ici ! Pas avec Greg et Josh dans les parages.

Je n'ai rien contre les vibromasseurs, mais là, franchement, c'est un peu trop.

— Ta mère a utilisé une partie de son avoir pour t'acheter ça.

Ma mère a été affectée à sept boutiques de sex-toys différentes après ma dépression à Northampton. Son évaluation était parfaite et le client lui a demandé de faire la plupart des autres boutiques.

Je suis si fière. C'est comme si sa mère recevait le prix Nobel de la paix.

Presque.

Je regarde cette monstruosité vibrante et je… je ne… Je perds mes mots. La terre implose. Ma conscience s'efface au profit d'une supernova de néant. Ma mère ne vient pas de m'offrir un vibromasseur qu'elle a choisi en personne. *Non, non, non.*

— Tu vois ? Il y a un « D » au bout. Marie voulait qu'il te rappelle Declan.

— Qu'il me rappelle… quoi ?

— En plus, la courbure de la lettre permet de mieux trouver le point G.

Elle prononce ces mots comme une spécialiste des articles de fête décrirait une bougie décorative.

— Tais-toi.

— Pourquoi es-tu si hostile ?

— Un concepteur de produits a vraiment pensé que c'était une bonne idée ? lui lancé-je d'un air de défi.

— Ta mère a dit que le propriétaire de la boutique de sex-toys lui avait expliqué que c'était pour que ton homme puisse laisser sa marque dans un endroit intime.

— Où ça ? Au niveau du *col de l'utérus* ? C'est comme être marqué au fer rouge ! Tu sais que c'est un homme qui a conçu ça, fulminé-je.

Le sex-toy vibre par terre, mais je ne peux pas l'arrêter. Mes jambes refusent de bouger. Je suis restée assise juste assez long-temps pour que l'atrophie, l'entropie ou la vieille-dame-de-l'après-midi me gagne, et toutes ces salles de sport ont rendu les muscles de mes jambes si inutiles que je ne peux même pas donner un coup de pied assez fort à un vibromasseur pour le rapprocher de moi et l'éteindre.

Bzzz.

— Amanda, tu pourrais m'aider ? Il faudrait que tu te baisses et que tu…

— Que je me baisse ? ME BAISSE ? Ça t'est déjà arrivé de soulever trente-cinq kilos puis de faire dix minutes de rameur à haute intensité pendant qu'un Bulgare te hurle dans l'oreille ? J'ai de la chance que mes bras soient encore attachés.

Elle baisse la tête.

— Ouf. Ils sont toujours là. Bonjour, mains. Je vous aime !

Elle me regarde.

— Quoi ? Je vérifiais juste.

Bzzz.

— Greg et Josh vont revenir d'une seconde à l'autre, et je préférerais vraiment qu'aucun des deux n'ait à ramasser un vibro offert par ma mère.

— C'est assez impressionnant, dit-elle. Il y a une fixation pour sonde anale qui a la forme d'un tentacule de pieuvre.

Greg entre au moment où elle termine sa phrase. Il s'arrête si brusquement que du café chaud s'échappe des minuscules trous de dégustation situés sur le dessus des deux gobelets à emporter. Ses oreilles se dressent et il penche la tête, cherchant à identifier la provenance du son.

Puis il y parvient.

— C'est un aspirateur robot ? demande-t-il, en passant la tête sous la table pour regarder. Judy a parlé d'en acheter un. Elle dit que ça pourrait vraiment améliorer les choses à la maison, parce que je me suis relâché, et qu'il nous faut quelque chose de plus grand.

— Euh…

C'est tout ce que je parviens à dire. Alors qu'il se penche, Amanda donne un coup de pied au vibro, mais elle vise mal.

Il frappe Josh en plein dans le tibia alors qu'il entre avec deux autres cafés. Josh regarde le pénis de chair blanche et rose qui geint, puis Greg, qui affiche un visage de morse perplexe.

— Ça ne ressemble pas à un robot aspirateur, dit Greg.

Josh semble totalement décontenancé. Il regarde Amanda, puis moi, et demande :

— Est-ce qu'ils le font en violet ?

CHAPITRE 13

J'ai eu beau supplier, implorer ou proposer de nettoyer les pieds de tout le monde avec ma langue – y compris ceux de Chatounet –, cela n'a rien changé. Je suis coincée avec ma voiture-caca pour ma visite mystère de The Fort.

Quelle importance, me demanderez-vous ? Parce que quand vous effectuez la visite mystère d'un hôtel, la plupart des clients veulent une évaluation détaillée de tous les services. Pour les hôtels de luxe, cela commence par le service de voiturier.

C'est exact. Je dois confier ma Cacamobile à un type qui gagne plus en un jour de pourboires à garer des Teslas et des Ferrari que je ne gagne en une semaine.

Et si je suis sûre que ces voituriers ont vu des véhicules inédits, dont des Hummers électriques et des voitures avec des ailes en guise de portes, une voiture compacte avec un gros grain de café marron qui ressemble à des excréments risque fort d'être du jamais vu, même pour eux.

Autant dire que toute discrétion tombe à l'eau.

Même Greg n'a pas cédé, inventant une histoire triste sur le fait qu'il avait besoin de sa voiture pour emmener sa mère à son rendez-vous de rééducation de la hanche. *Pfff*. Des excuses.

The Fort est un bâtiment massif d'une beauté et d'un charme extraordinaires, qui brille de mille feux sous un soleil éclatant, dans le quartier de Back Bay à Boston. Il est situé à deux pas de toutes les attractions du centre-ville. Vous pouvez ainsi accéder à pied à des grills délicieux, au Faneuil Hall, voir les bateaux entrer au port, aller à l'aquarium. Tout est à portée de main.

Mais je dois d'abord parler à un voiturier nommé Guido qui ressemble à mon ex-petit ami.

Guido – d'après son badge – me fait marquer un – ou deux – temps d'arrêt, car s'il avait quelques années de moins et les yeux verts et non marron, ce serait le portrait craché de Declan.

— Oh… *Waouh* ! m'exclamé-je en sortant de la voiture, les clés à la main.

L'allée couverte semi-circulaire devant l'entrée recouverte de bronze étincelant semble faite de marbre poli. Alors que mes talons hauts claquent sur le sol, je réalise que *c'est* du marbre. Du vrai marbre.

Et comme il vient de pleuvoir, et que divers pneus de voiture ont projeté de l'eau sur le sol, je dérape. Mes clés décrivent un arc de cercle comme si elles avaient été éjectées d'une fusée pour enfants, mes bras et mes jambes s'agitent en tous sens pour s'agripper à n'importe quoi afin de ne pas me casser le bassin.

Deux mains fortes s'enroulent autour de ma taille et me sauvent de dommages permanents en dessous de la ceinture. La veste rouge que porte Guido est déboutonnée et révèle une taille fine avec des épaules larges qui tendent le tissu. Ses cheveux sont d'un brun épais et ondulé comme ceux de Declan. Ses sourcils sont plus épais, et une mèche grise occasionnelle poivre ses cheveux çà et là. Ses yeux sont affables et inquiets, mais je sens qu'il essaie de ne pas rire, sa bouche agitée d'un tic nerveux.

Il me remet sur mes talons, mon genou se tournant vers l'intérieur. Je suis habillée de façon formelle, le client insistant pour que j'endosse le rôle d'une cadre voyageant pour affaires, en ville pour la nuit. Et le service de voiturier est le point de départ.

— Vous vous êtes fait mal ? me demande Guido d'une voix grave qui me fait trembler.

S'il avait versé du caramel chaud sur mes tétons, j'aurais eu la même réaction coquine. Cette voix doit faire de l'effet à bon nombre de femmes. Je vais moi-même devoir utiliser la corde à linge de la salle de bain pour faire sécher ma culotte sous peu s'il parle à nouveau.

— Je... euh... Je vais bien, dis-je, le souffle court.

Il s'approche de moi pour récupérer mes clés par terre, ce qui me donne l'occasion de regarder ses fesses, euh... de regarder... son visage. Son visage ! Ses pommettes sont plus larges que celles de Declan, et il dégage la confiance qui émane des hommes qui travaillent de leurs mains pour gagner leur vie.

— C'est votre voiture ? demande-t-il en haussant les sourcils.

— Ma voiture de fonction.

Je souris, feignant d'être plus enjouée que je ne le suis réellement. J'ai déjà trouvé une excuse pour la voiture de merde.

— Je teste un nouveau modèle publicitaire pour un client.

Il hoche la tête, comme s'il savait des choses que j'ignore.

— Je vois, Madame...

— Jacoby.

— Jacoby. Il sourit et s'incline légèrement. Le test de marché inclut-il aussi l'aromathérapie ?

— Je vous demande pardon ?

— Peu importe, Mme Jacoby.

Il fait tinter mes clés et regarde ma voiture avec amusement. Plus d'amusement que je n'ai jamais ressenti.

— Je vais garer votre voiture de fonction et la mettre à l'abri.

— Vraiment ? En fait, je préférerais que vous la gariez dans la rue. Peut-être que quelqu'un la volera et qu'ensuite je...

Les mots sortent de ma bouche avant que je puisse les arrêter. Guido est si détendu, il y a quelque chose chez qui me met si à l'aise que ma couverture de cadre s'efface sans que j'y prenne garde.

Il sourit et ne ressemble plus du tout à Declan. Mais où avais-je la tête ? Il est clair que je ne peux pas le sortir de mon esprit, alors j'invente des hommes qui lui ressemblent. Mais quand le visage de Guido redevient semi-sérieux, c'est comme si l'ombre de mon ex était là.

Je deviens folle, n'est-ce pas ?

À conduire cette foutue merde ambulante.

— Je perdrais mon travail si je faisais ça, dit-il d'une voix grave de conspirateur.

Je déglutis. J'ai la bouche sèche. Toute l'humidité de mon corps migre vers le sud.

— Je plaisante.

Il me regarde d'une manière qui me donne l'impression que c'est la première fois que je rencontre Declan.

Il me dévisage.

— Quelque chose me dit que ce n'est pas le cas. Que vous ne plaisantez pas, je veux dire.

Et puis il reste là, à me regarder. Mais pas de manière sensuelle. C'est plutôt une reconnaissance neutre de mon existence, et heureusement, car s'il commençait à m'envoyer des signaux sexuels de quelque nature que ce soit, je glisserais dans une flaque de ma propre substance visqueuse.

La pause gênante me fait réaliser qu'il attend un pourboire. Bien sûr ! Nous avons une procédure pour ça en tant que clients mystères, alors je sors un billet de 5 $ et je le lui tends. Il fronce les sourcils, puis jette un coup d'œil aux autres voituriers. Quel genre de voiturier ne s'empresserait pas de prendre le billet et de le glisser dans sa poche avec un remerciement rapide ?

Ma peau commence à me picoter. Il y a quelque chose qui ne va pas.

Comme si je lui servais un morceau de steak cru dans un restaurant végan, il prend le billet cinq et le met dans sa poche de poitrine, en grimaçant. En grimaçant ! Quel genre de type…

Oh. Hmmm. Peut-être que 5 $ est un affront dans un endroit comme celui-ci ? Personne n'explique jamais les règles en matière de pourboire, mais loger dans une suite à 800 $ la nuit pourrait signifier qu'un pourboire de 5 $ – qui serait bienvenu n'importe où ailleurs – équivaudrait à lui pisser sur les chaussures.

Je prends mon sac à main et je sors un deuxième billet de 5 $, que je lui tends en souriant.

— Merci beaucoup, Guido. Prenez bien soin d'elle.

Les autres voituriers rient et Guido prend mon billet d'un air confus qui assombrit ses beaux yeux chocolat.

— Vous me donnez plus ?

Il ne s'attendait pas à ça.

— Oui. Est-ce que ça vous convient ?

Finalement, l'un des autres voituriers s'approche et lui tape sur l'épaule.

— Mec. Prends l'argent, remercie-la, et allons garer cette mer…

Je ricane.

— On l'appelle la Cacamobile.

Guido rit, sans me quitter des yeux.

— Vous êtes drôle.

S'il flirte avec moi, il n'est vraiment pas doué. Mais moi non plus, alors peut-être que le problème, c'est moi ? Je ne peux pas jongler entre le fait d'être « au travail », de faire une visite mystère et de déterminer si le voiturier est horrifié ou attiré par moi. Trop de contributions. Je fais donc la chose la plus simple et je m'en vais. Un pas, deux pas, et je descends…

Paf. *Scriiiitch.*

Je dévoile davantage mes fesses que J.Lo portant un string. Guido n'était pas là pour me rattraper cette fois, et j'ai une jambe tendue avec ma jupe fendue si haut que l'on peut voir les chutes du Niagara sur ma culotte.

— Shannon ! s'écrie Guido, se précipitant à mes côtés.

Attendez un peu. Je ne lui ai jamais donné mon prénom. Mais il y a plus urgent à régler : je suis actuellement les quatre fers en l'air, à regarder le lustre au plafond, et un Range Rover de la taille de la maison de mes parents est sur le point de m'écraser comme un insecte.

Guido et ses collègues voituriers se précipitent vers moi, et quatre paires de bras masculins me soulèvent, me donnant l'impression d'être dans un de ces romans d'amour où la femme est touchée par plus d'hommes qu'elle n'a d'orifices.

— Je vais bien, protesté-je, en luttant pour contrôler mon propre corps et en réalisant que c'est peine perdue.

Comme des nageurs synchronisés, ils me remettent debout. L'un d'entre eux ramasse mon bagage à main et ma sacoche d'ordinateur, un autre récupère tous les objets qui ont roulé par terre quand je suis tombée.

Y compris le vibromasseur de ma mère.

— Hum, dit Guido en me le remettant.

C'est celui que ma mère a choisi, avec un « J » au bout, de la série des Alphasex. Celui que Josh veut commander en violet. Mais il est rose, donc…

— Comment est-il arrivé là ? dis-je en grinçant, et je suis sérieuse.

Je n'ai aucune idée de la façon dont il s'est retrouvé dans ma sacoche d'ordinateur portable. Peut-être que Chatounet me fait une blague élaborée.

Un vague souvenir de ma mère dans mon placard, ce jour-là, me revient, après la boutique de sex-toys de Northampton. J ?

Oh. Mon estomac gargouille.

J pour Jason. Ma mère m'en a aussi acheté un avec un D dessus. Je me tords le cou, les yeux rivés au sol. Où a-t-il bien pu passer, celui-là ? Si un vibro apparaît comme par magie dans mon sac, je suis sûre qu'il y en a d'autres.

— J'ai déjà vu des trucs dingues, mais ça… plaisante Guido.

Je mets ce satané vibro dans mon sac et je décide que la meilleure façon de gérer la situation avec grâce et dignité est de partir sans un mot de plus.

— J'espère que votre séjour sera agréable, Mme Jacoby ! Vous allez voir que The Fort mérite tout ce *buzz*, dit-il alors que je m'éloigne.

Je jurerai qu'il me fait un clin d'œil. Et dans les recoins de mon esprit professionnel, je pense :

Me rappeler de passer un agréable séjour ? Check.

Soupir.

CHAPITRE 14

Un autre voiturier, Mike, récupère mes bagages dans le coffre de ma voiture et m'escorte dans le hall. « Hall » est un euphémisme.

On dirait plutôt la première merveille du monde moderne. Grey Industries ne lui arrive même pas à la cheville. Je vois bien que James McCormick a marqué cet endroit de sa touche de la manière la plus subtile qui soit, de l'énorme tapis persan qui couvre un quart du hall d'entrée à l'ancienne carte du monde imprimée sur le plafond voûté, une profonde coupole faite de chêne et de bronze particulièrement polis qui crient son style. On dirait son bureau chez Anterdec Industries.

Toutes les lumières sont tamisées. Le soleil émanant du puits de lumière offre juste assez de clarté pour conférer au hall un aspect éthéré. J'ai l'impression de nager en plein roman steampunk. Le mélange savoureux de la saveur du vieux monde et de la technologie moderne me propulse dans une dimension légèrement parallèle. Juste assez différente pour être entre deux mondes.

L'enregistrement se déroule sans accroc – Mike disparaît avec mes bagages – et on me donne la chambre 1416, ce qui signifie que je dois monter dans l'un des ascenseurs du destin. Vous voyez le genre. Les grands hôtels en ont tous. Vous tapez votre numéro d'étage et le système d'ascenseur intelligent vous indique lequel vous devez prendre. À l'intérieur, il n'y a pas de panneau avec les chiffres des étages, car le système est conçu pour supposer que vous êtes un humain pathétique et stupide avec des capacités de raisonnement inférieures, et que les ingénieurs (presque tous des hommes) qui ont conçu le système sont plus intelligents que vous.

Ce qui signifie que si vous montez dans l'ascenseur et qu'un trou du cul vous harcèle, vous êtes coincée dans le purgatoire de l'ascenseur jusqu'à ce que la Machine de l'Intellect Supérieur décide de vous faire sortir de votre prison misogyne.

Je monte au quatorzième étage sans incident, en inspectant l'état de toutes les parties communes (immaculées), puis j'entre dans ma chambre. Je trouve sur le lit des chocolats fins provenant d'une entreprise suisse qui n'a pas recours à l'esclavage, et les serviettes sont pliées en une magnifique reproduction de la *Joconde* en 3D.

Je pose mon bagage à main sur le lit. Mon sac à roulettes a déjà été déposé dans ma chambre. L'une des premières choses à faire dans une chambre d'hôtel est de vérifier le balcon, s'il y en a un. Je dois déployer de sérieux efforts pour écarter les épais rideaux occultants, mais ça en vaut la peine. Une vue imprenable sur la ville s'offre à moi. En ouvrant les portes coulissantes en verre, je laisse le vent me fouetter les cheveux et emporter mes soucis.

Un léger coup sur la porte m'oblige à l'ouvrir. Mike se tient devant moi, tout sourire. Il ne ressemble en rien à Guido, mais plutôt à Merry le Hobbit.

— Tout est à votre goût, Mme Jacoby ?

Je sais ce que j'ai à faire. Je lui glisse un billet de cinq dollars et je lui assure que tout va pour le mieux. Il me tire son chapeau et s'éloigne calmement dans le couloir.

La dix-neuvième page (*dix-neuvième* !) d'instructions de mon évaluation de vingt-sept pages me dit exactement ce que je dois faire cette nuit. Si vous effectuez une visite mystère dans une chaîne d'hôtels moins huppée, vous avez généralement votre chambre gratuite, environ 25 $ d'indemnités, et le remboursement d'un dîner et d'un pourboire pour le ménage.

Ici, j'ai le droit à ce qui suit :

LE SERVICE DE VOITURIER.

Un pourboire pour le groom.

Des boissons au bar (deux, minimum).

Un dîner complet servi par le room service, des amuse-gueule au dessert.

Un petit-déjeuner buffet le matin.

Un pourboire pour la personne qui fait le ménage.

Un massage au spa.

Un pourboire pour le groom à la sortie.

Un pourboire pour le voiturier à la sortie.

C'EST DONC *AINSI* QUE VIVENT LES PLUS AISÉS ? SI C'EST le cas, comment faire pour les rejoindre ?

Mais ce n'est pas tout.

Comme pour les relations, vous en apprenez beaucoup plus sur le service à la clientèle en leur soumettant des problèmes. Tout hôtel ou restaurant peut être irréprochable lorsqu'il n'est pas plein à craquer, que le personnel est au complet et que tout se déroule comme prévu.

Pour mettre véritablement à l'épreuve une entreprise, il faut tester comment ses employés réagissent en cas de crise.

Même des crises fabriquées de toutes pièces.

Et mon travail consiste à fabriquer une série de crises, en commençant par la salle de bains. Je lis les instructions, qui ont été rédigées par Amanda :

INSTALLATIONS ET ÉQUIPEMENTS : CRÉER UN PROBLÈME SUFFISAMMENT important au niveau d'une installation de la salle de bains pour qu'un des employés doive appeler le service de maintenance. Par exemple, séparer la chaîne de la boule de la chasse d'eau ou retirer l'écrou d'un des boulons sous la lunette des toilettes. Placer l'écrou sous la poubelle.

L'objectif est de tester l'amabilité du réceptionniste, le temps de réponse des employés de l'établissement, et si les techniciens de maintenance sont agréables et efficaces.

Très bien. C'est la procédure standard pour la visite mystère d'un hôtel. J'ai déjà fait ça des milliers de fois. D'habitude, je suis plus créative que ça, car je fais généralement en sorte que la poignée des toilettes ne soit plus reliée au mécanisme de la chasse d'eau.

C'est simple comme bonjour.

Je passe d'abord l'appel, impatiente d'en finir pour pouvoir passer à la boisson au bar… euh, à la prochaine tâche sur ma liste. L'hôtel dispose d'un bar de glace – une boîte de nuit entière sculptée dans la glace. La réceptionniste de l'hôtel (Celeste) prend mon appel immédiatement, s'excuse pour le désagrément occasionné et, à 15 h 56, promet qu'un technicien de maintenance interviendra dans les dix minutes.

Formidable. J'ai dix minutes pour casser quelque chose. Je suis Shannon, ça ne devrait donc pas être bien difficile.

Quelque chose vibre dans la pièce voisine. Mon téléphone. Je fouille la pièce et mes yeux le repèrent, mais l'écran n'est pas éclairé. Pas de texto.

Bzzzzz.

Bizarre. Qu'est-ce qui peut bien vibrer comme ça ?

Mon bagage à main commence à se déplacer de lui-même, se dirigeant vers le bout du lit. Je l'ouvre et…

Un immense J gravé me regarde. Il est rose.

Ah, oui.

La petite surprise de ma mère.

Le bouton d'alimentation semble être bloqué, et en dépit de mes efforts, je n'arrive pas à le débloquer pour qu'il arrête de vibrer. Mes doigts s'excitent sur le petit bouton, et de frustration, je le frappe – fort – contre le rebord du bureau.

BZZZZZZZZZZZ.

Apparemment, je l'ai mis en hyperpropulsion. C'est comme si Chewbacca s'excitait sur tous les propulseurs du Faucon Millenium à la demande de Han Solo.

Hum, ça a l'air *tellement* déplacé.

Il vibre si fort que je suis certaine que les clients de la chambre 1414 peuvent l'entendre très clairement. Retirer les piles devrait faire l'affaire. Je retourne le cylindre et…

Il faut un tournevis.

Mince.

Toc-toc-toc. Quelqu'un frappe à la porte.

— Service de maintenance ! lance une voix masculine.

Je regarde l'horloge. 15 h 58. Super. Bien sûr, il fallait que pour une fois, je tombe sur un type de la maintenance ponctuel. Ce doit bien être le seul sur cette foutue planète. Je cours à la salle de bains et j'ôte le couvercle de la chasse d'eau d'une main. N'étant pas assez forte, je pose le vibromasseur sur le rebord du lavabo.

BZZZZZZZZ. Cela ne fait qu'amplifier le son.

Toc-toc-toc.

— Madame ? Service de maintenance. C'est la réception qui m'envoie, dit-il, un peu plus fort.

Sa voix est étouffée et mon ouïe est perturbée par la panique soudaine. J'ai l'impression que la pièce tourne autour de moi. Je me prends une suée en attrapant le vibromasseur pour arrêter son rugissement et plonge la main dans la chasse d'eau pour détacher la chaîne de la poignée. En quelques secondes, j'y arrive, mais en me redressant, je perds l'équilibre et…

Splash !

Le vibro rose géant tombe dans les toilettes.

Le « J » me regarde, un peu flou tandis qu'il navigue à l'intérieur de la cuvette.

Le bruit distinctif de la clé électronique que l'on glisse dans la fente de ma porte me parvient au ralenti. Ce son me fait penser au bruit des fusils d'un peloton d'exécution qu'on chargerait, puis qu'on braquerait sur moi.

Je m'accroupis à nouveau et je plonge la main dans la cuvette pour récupérer le vibromasseur, scrutant la pièce à la recherche d'une idée pour le mettre en sourdine. L'arracher des toilettes et l'envelopper dans une serviette ? Peut-être. C'est le meilleur plan que j'ai.

Mais la porte de ma chambre s'ouvre et la voix familière d'un homme s'élève.

— Il y a quelqu'un ?

— Je suis, euh…

J'essaie de fermer la porte du pied pour gagner du temps, mais tout ce que j'arrive à faire, c'est glisser sur le carrelage à cause de mes talons. Ma jupe se relève et révèle le bord ma culotte. J'ai la main plongée jusqu'au coude dans la cuvette des toilettes, cherchant à récupérer le trophée sexuel de ma mère destiné à mon *père*.

Puis un visage familier apparaît avec deux yeux verts très amusés et étincelants.

Il me regarde, ses yeux remontant le long de mes jambes et de mes cuisses à l'air, jusqu'à mon bras enfoncé dans la cuvette des toilettes, et me dit :

— Il faut *vraiment* qu'on arrête de se rencontrer comme ça.

CHAPITRE 15

Le visage de Declan, ses yeux, sa voix, ce sourire grimaçant ne sont pas compatibles avec la chemise d'ouvrier bleue qu'il porte. Une broderie rouge sur un badge jaune indique Alfred, et il porte un pantalon de travail Dickies avec des bottes d'ouvrier du bâtiment marron.

Il ressemble à n'importe quel type de mon quartier. Au père de mes amis. À mes amis désormais adultes, d'une vingtaine d'années, qui travaillent dans des ateliers automobiles ou construisent des maisons.

— Les licenciements à Anterdec t'ont valu de passer aux travaux manuels ? demandé-je, appuyée contre la cuvette des toilettes comme si tout allait bien.

Je prends un air décontracté. Circulez, il n'y a rien à voir. Je suis juste en train de noyer un sex-toy pour abréger ses souffrances.

— Je me suis dit que ce serait bien de développer une nouvelle compétence sur laquelle me rabattre. Il hausse un sourcil et se penche pour voir ce que je fabrique. Tu as encore fait tomber ton téléphone ?

— Eh oui ! dis-je en pépiant. Évidemment ! Tu me connais hein, je n'en rate pas…

Dring !

J'ai changé ma sonnerie et j'ai opté pour cette tonalité désuète qui ressemble à un téléphone à cadran.

En s'éclaircissant la gorge, il énonce l'évidence, car c'est ce que l'on fait quand on accule une femme qui est folle :

— Ton téléphone sonne.

— Je vais avoir du mal à répondre, là, grincé-je.

— Pourquoi ne pas te lever et… hmmm, dit-il en évaluant la situation.

Il tourne la tête pour observer la pièce, puis regarde les toilettes par-dessus mes jambes, les mains sur les hanches alors qu'il évalue la situation. Il semble enfin comprendre qu'il y a quelque chose qui cloche dans cette position compromettante aux toilettes.

— Est-ce que tu essaies de noyer un petit cochon rose dans les toilettes ?

— C'est une expérience scientifique !

Dring !

Pourquoi faut-il qu'il soit si sexy alors que catastrophe et humiliation sont imminentes ? Comme si ce n'était pas assez humiliant d'être prise la main dans les toilettes – encore ! –, cette fois, je vais sortir le petit ami à piles de ma mère et subir le triple embarras d'être excitée par la façon dont sa tenue de travail tombe sur ses hanches, dont le tissu épouse les contours de ses cuisses musclées, dont sa chemise est déboutonnée juste assez pour dévoiler les poils de son torse, et par la façon dont ses manches courtes mettent en valeur les biceps qui se glissaient sous mon corps et me soulevaient vers sa bouche quand il…

Il attrape mon bras et le tire, dégoulinant et vibrant encore du sex-toy à l'agonie.

— Tu étais en train de noyer un… *ça* ? Qu'est-ce que c'est que *ça* ? Une poupée Barbie ?

Je le lui lance. Qu'est-ce que j'ai à perdre, au point où j'en suis ?

Il l'esquive et le vibromasseur atterrit sur le tapis, tournant à gauche comme une personne ivre dans un rond-point.

— Ce n'est certainement pas une poupée Barbie, dit-il en riant.

— J'ai arrêté de jouer avec ça il y a longtemps, dis-je.

— Mais je vois que tu as toujours tes jouets préférés, répond Declan. Et pourquoi y a-t-il un « J » sur le dessus ? Pourquoi pas un « D » ? dit-il en me regardant d'un air lubrique.

Je lui adresse un regard noir. Mon cœur vibre dans ma poitrine comme un – enfin, vous savez – et il me regarde comme si j'étais à nouveau un être humain. Comme s'il m'appréciait. Comme s'il voulait vraiment interagir avec moi.

— Qu'est-ce que tu fais là ? demandé-je.

— La réceptionniste m'a dit que les toilettes étaient cassées.

Il désigne une petite caisse à outils.

— Nous avons un tas d'outils pour les vibromasseurs qui fonctionnent mal.

— Il y a un protocole pour *ça* ?

J'en ai le souffle coupé. Wouah. Et moi qui pensais avoir tout vu en tant que cliente mystère.

Il acquiesce et dit sèchement :

— Oui. On prend juste un EpiPen et on l'enfonce dedans aussi fort que possible.

C'est à mon tour de le jauger. Je suis là avec un bras qui dégouline (encore), ma manche est trempée d'eau des toilettes (encore), et Declan est déguisé comme pour une fête d'Halloween particulièrement perverse.

— Pourquoi est-ce que c'est *toi* qui as répondu à l'appel au service de maintenance ?

Il semble surpris que je lui pose la question.

— Amanda n'a pas coordonné ça avec toi ?

— Amanda ? dis-je bêtement. *Amanda* Amanda ?

— C'est vraiment son nom de famille ? C'est cruel de la part de ses parents, dit-il à voix basse.

— Mais non, son nom de famille n'est pas… Ne change pas de sujet ! exigé-je, en me détournant.

Ma veste est abîmée. Je m'en extirpe pour faire le point sur l'état de mes vêtements.

Chemise en soie blanche : une manche mouillée.

Veste qui se froisse rapidement par terre : devra faire un tour au pressing.

Jupe de tailleur fendue comme au premier rendez-vous – dîner d'affaires – peu importe le nom que vous lui donnez.

Ma vie est vouée à se répéter, n'est-ce pas ?

Et me voilà, tout excitée parce que l'ex qui m'a inexplicablement larguée m'accorde un peu d'attention.

Ma vie est une boucle sans fin.

Mais je peux y mettre un terme. Je peux faire des choix qui empêcheront les autres de me faire ça – quoi que ce soit. Declan pense qu'il peut entrer dans ma chambre d'hôtel en uniforme, sourire et me faire fondre, et que je vais me contenter des restes qu'il me jette comme un bon petit toutou.

Ouaf ouaf !

— Qu'est-ce que tu fais dans cet uniforme et pourquoi as-tu répondu pour le service de maintenance ? demandé-je à nouveau.

— Parce qu'Amanda a suggéré que dans le cadre de l'évaluation des normes de service à la clientèle, je fasse comme dans cette émission de télé, *Patron incognito*, et que je m'infiltre dans un hôtel de ma propre entreprise. C'est censé aider d'un point de vue marketing.

Je fronce les sourcils.

— Un PDG de Boston n'a pas fait ça récemment ?

Il hoche la tête.

— Mike Bournham.

Bournham. Le playboy. Une sex-tape qui est devenue virale. Avec une pauvre assistante administrative naïve.

Une disgrâce totale qui l'a forcé à démissionner.

— Ça s'est *très* bien passé pour lui, n'est-ce pas ? dis-je avec le plus de sarcasme possible.

Declan hausse les épaules.

— Amanda était convaincante.

J'ai l'impression qu'elle n'a pas eu à insister beaucoup. Une lueur d'émotion passe dans ses yeux et change la teneur de la pièce. La salle de bain se réduit en un clin d'œil. Je suis en train de me laver le bras – les deux bras – et tout ce que je veux, c'est qu'il sorte de ma chambre pour pouvoir prendre une douche et pleurer.

BZZZZZZZ. Comme réanimé par le Dr Frankenstein lui-même, ce satané vibromasseur passe à la vitesse supérieure. Je traverse la salle de bain, je pousse Declan et je donne un coup de pied au vibromasseur aussi fort que possible.

Quand j'étais au collège, pendant trois ans, j'ai joué comme gardienne de but pour mon équipe de football. Je n'ai rien fait de plus athlétique en dix ans, mais mes pieds doivent se rappeler comment frapper, parce que je shoote dans le vibromasseur de toutes mes forces, et il décolle, vole à travers la pièce, passe au-dessus du lit puis par les portes vitrées ouvertes, au-dessus du balcon et...

Il atterrit quatorze étages plus bas dans la rue.

On entend un crissement de pneus et des cris, puis quelques coups de klaxon.

Declan et moi devons ressembler à des chouettes, clignant des paupières, les yeux écarquillés.

Je suis sans voix.

Declan ne l'est pas.

— C'est une bonne chose que tu n'aies pas de chien.

— Hein ?

— Parce que ça aurait pu être une partie de « va chercher » qui aurait terriblement, terriblement mal tourné.

— Tu trouves que le moment est bien choisi pour faire des mauvaises blagues ?

Je lui montre le balcon. Des gens se crient dessus au loin.

— N'est-ce pas précisément le moment idéal pour ça ?

— Qu'est-ce que tu fais là ? demandé-je d'un ton autoritaire que je ne me connaissais pas.

Je tremble d'accablement, d'adrénaline, de gêne et d'excitation.

Il va pour me répondre. À plusieurs reprises. Quatre fois, en fait. Je compte chaque tentative, et à chaque nouveau faux départ, je sens qu'un minuscule bouton de rose, serré et contenu, commence à se fleurir en moi. Il ne fait qu'un millimètre.

C'est un tout petit bouton.

— Je te l'ai dit, lâche-t-il enfin, clairement agité, les bras croisés sur la poitrine, les yeux à nouveau voilés.

Ses cheveux sont plus longs – comme dans mon rêve, mais ils sont encore assez courts. Ce n'est pas l'homme hédoniste et négligé que j'ai invoqué dans mon subconscient. Dans mon lit.

Lit.

Mes yeux s'arrêtent sur l'imposant lit king size qui trône au milieu de ma chambre, couvert de plus d'oreillers que l'antre sexuel d'un sultan.

Le regard de Declan suit les miens. Ses bras tombent. Il cligne rapidement des yeux, se concentrant à présent entièrement sur moi, toujours aussi exaspérant. Toujours pas de réponse.

— Tu n'as sûrement pas changé ton nom en Alfredo et tu n'es pas devenu plombier, plaisanté-je, en regrettant instantanément l'intrusion.

Il me fait un sourire en coin.

— Je suis peut-être devenu un client mystère.

Je hausse les épaules, en essayant de cacher comme mon cœur essaie de se libérer et d'aller étreindre le sien.

— J'ai déjà porté des tas d'uniformes lors d'évaluations. Ce ne serait pas une première.

— Alors je n'ai rien de spécial ?

Je mesure soigneusement mes mots, sentant comme un nuage de calme me recouvrir. Il est là, devant moi, et j'ai tellement envie de lui, mais je ne peux pas combler ce fossé sans excuses. Au moins une explication. Laisser les hommes revenir dans ma vie et reprendre leur place comme s'ils n'avaient pas brisé mon âme en morceaux de verre sanguinolents ne fonctionne pas ces derniers temps.

Ça ne fonctionnera plus *jamais* pour moi.

— Si tu te demandes si tu es comme tous les autres hommes avec qui je suis sortie, la réponse est oui.

Il sursaute, et ses yeux laissent tour à tour voir qu'il est blessé, confus et qu'il veut se racheter.

— Oui ? Je suis à égalité avec *Steve* ? Il prononce son nom comme s'il était maudit.

Je ne peux pas faire ça. Je ne peux pas avoir cette conversation avec Declan ici et maintenant. Qui pense-t-il être ? Mon esprit cherche à trouver une réplique lapidaire et pleine d'esprit qui lui ferait regretter de m'avoir rejetée, mais au lieu de ça, je me rabats sur l'approche qui me convient le plus. Qui me fait me sentir réelle.

La vérité.

— À quoi tu joues, Declan ? Moi, je ne joue pas avec toi. Je ne joue pas tout court. Tu as choisi de rompre avec moi parce que tu ne savais pas qui était la « vraie » Shannon. Parce que tu pensais que je me servais de toi pour faire avancer ma carrière. Parce que...

— Parce que je suis un idiot, m'interrompt-il, faisant un pas en avant résolu, comblant ainsi de moitié le fossé qui nous sépare.

Une rafale de vent ramène les épais rideaux dans la chambre, le soleil qui filtre par la fenêtre illumine le bureau, et l'odeur de la mer, le courant d'air frais me donnent l'impression qu'en cet instant, tout est possible.

— Un idiot ?

— Un idiot.

Un pas de plus. *S'il te plaît, fais encore un pas*, pensé-je. La Shannon qui est en moi et qui ne veut pas se laisser marcher dessus se bat avec l'autre, celle qui veut l'embrasser, s'abandonner dans ses bras, sentir ses lèvres sur les siennes. Celle qui veut que la fusion des corps l'emporte sur les tensions de l'esprit.

Faut-il choisir entre les deux ?

Le combat intérieur de Declan se reflète dans ses yeux. Il pose une main musclée sur sa hanche et passe l'autre dans ses cheveux que j'aimerais pouvoir caresser. Je ne comprends toujours pas ce qui s'est passé il y a un mois dans le couloir devant la salle de réunion. Il est possible que je ne comprenne jamais. Mais s'il pouvait me donner une seule raison, un mince...

Et il m'embrasse.

C'est une bonne raison.

C'est une très bonne raison. Je me plaque contre lui, absorbant sa chaleur, entrouvrant les lèvres pour lui permettre de me goûter. Alors que mon corps se laisse aller, je sens que mon cœur est attiré vers le sien, comme un aimant rassemblant de la limaille de fer, comme si ce contact pouvait suffire à rassembler les parties disparates de mon être, pour former un tout.

Oui, avec un simple baiser. Et puis un autre. Et un autre, jusqu'à ce qu'il n'y ait plus de séparation entre eux. Pas de division, pas d'indicateur du début ni de la fin de cet échange doux et chaud, ce mélange de langues et cette union ardente. Tous nos baisers se fondent, comme les secondes se transforment en minutes, les minutes en heures, les heures et les jours en une vie bien remplie.

Remplie d'amour.

Il sent si bon. Il sent Declan. Son propre parfum se répand dans l'air. Ses mains chaudes et impatientes m'attirent vers lui comme s'il avait l'intention de ne jamais me laisser partir, et l'extase d'être si proche de lui ne diminue pas.

Dans un film, je reculerais, je lui donnerais une gifle et il m'attirerait vers lui et m'embrasserait à nouveau.

Mais ce n'est pas un film. Et il n'a toujours pas répondu à ma question.

Je recule. Le baiser s'attarde sur mes lèvres comme une couche de soie alors que je demande :

— Tu as rompu avec moi à cause de ta mère, n'est-ce pas ?

Il me donne un autre baiser en guise de réponse. Je glisse mes mains autour de sa taille. À un endroit, sa chemise sort juste assez de sa ceinture pour laisser entrevoir un centimètre de peau chaude et musclée. Je le caresse du pouce, mais ma main en veut plus. Je m'enhardis, et mes doigts remontent le long des muscles qui longent sa colonne vertébrale, sentant la puissance de ses épaules tandis que ses bras m'étreignent.

Bon sang. Il remet ça.

À bout de souffle, je m'éloigne au moment où il s'avance, me poussant doucement jusqu'à ce que l'arrière de mes mollets touche le lit. Je veux céder. Oh, comme mes genoux aimeraient plier juste assez pour que nous nous enfoncions tous les deux dans la couette en duvet. Me réveiller au matin avec des emballages de chocolats à la menthe collés dans les cheveux, non pas parce que j'en ai mangé un paquet à moi seule en regardant le premier épisode de *Outlander* en boucle et en déplorant le fait qu'aucun homme n'arrive à la cheville de Jamie.

— Non, murmuré-je, le poussant à me regarder. Pas encore. Tu ne peux pas débarquer ici comme ça et t'attendre à ce que je te laisse reprendre là où on s'était arrêtés, parce que tu es parti d'une manière particulièrement dégueulasse.

Il pince l'arête de son nez et recule. Son souffle chaud sort par vagues alors qu'il se bat pour contrôler son halètement.

— Oui. Tu as raison.

— C'est un bon début, marmonné-je.

Les États-Unis de Shannon sont une fédération d'États qui travaillent généralement tous ensemble, mais certaines parties de mon être – toutes situées en dessous de la ceinture – sont en train de convoquer une convention constitutionnelle pour faire sécession.

Les traîtresses.

— Est-ce que tu vas m'écouter ou tu comptes me bombarder de sarcasmes ? demande Declan d'une voix ferme.

C'est le moment de rembobiner. *Scritch !* Attendez une seconde.

— Si tu es là parce que tu veux qu'on se remette ensemble, alors tu as des explications à me donner, dis-je, en ignorant mon clitoris, qui tente d'appeler au vote en faveur de la sécession.

Il frappe de sacrés coups de marteau. Très fort.

— Toi aussi.

— Moi ? Qu'est-ce que j'ai à expliquer ? J'ai essayé de m'expliquer. Non, je n'ai jamais voulu de toi pour ton argent ou pour obtenir des contrats. Non, je ne suis pas lesbienne. Oui, j'ai une allergie aux abeilles. Qu'est-ce que tu dois savoir d'autre ? Tout ça fait partie de la Shannon bien réelle que tu as juste devant toi.

Il me montre du doigt.

— Ne brouille pas les pistes. Le problème, c'est que tu as pris ce qui aurait pu être une situation simple et tu l'as transformée en un nœud gordien complexe, dit-il d'un ton pragmatique.

Je n'ai aucune envie, en ce moment précis, d'admettre que je n'ai aucune idée de ce qu'est un nœud gordien, alors je réplique :

— Qu'est-ce que j'ai fait pour la compliquer ?

— Tu as attiré l'attention de Jessica. Chaque fois qu'elle tweete à propos de quelqu'un, ça déclenche une série de rumeurs si puissantes qu'elles reviennent toujours à ses oreilles, déclare-t-il.

— C'est ça mon crime relationnel ? Que l'ex de mon ex, toujours très bien intentionnée, ait tweeté que j'étais prétendument gay ? Tu as rompu avec moi pour ça ?

Je ris. Je ne suis pas contrariée, parce que cette explication est tellement minable que je sais qu'elle n'est pas vraie.

— Non.

— Alors pourquoi ?

— Parce que tu n'as jamais pris la peine de me parler de ton allergie.

— C'était notre *deuxième* rendez-vous ! Tu ne penses pas que tu exagères ? Les allergies, ce n'est pas quelque chose qu'on aborde au second rendez-vous.

— Second rendez-vous ?

— Tu sais, on embrasse au premier rendez-vous, on présente sa dette de prêt étudiant au deuxième, on a des rapports sexuels au troisième. Il y a des normes bien définies pour ces choses-là. L'allergie anaphylactique mortelle aux abeilles n'est pas à aborder avant le septième rencard, consacré aux proches déjantés et aux prédispositions génétiques aux orteils en marteau.

En me regardant attentivement, il réfléchit à mes paroles. Je vois bien qu'il étudie sérieusement les choses, car ses yeux bougent rapidement, même ouverts, et il se mordille la lèvre. J'ai formulé un argument convaincant et il doit soit réagir de façon rationnelle, soit…

— Ça ne suffit pas.

Comme un crétin.

— Ça ne suffit pas ? Tu as le droit de déclarer unilatéralement que mon explication n'est pas assez bonne ?

— Oui.

CHAPITRE 16

Non !

Je crache le mot en me retournant pour attraper les chocolats à la menthe sur l'oreiller et en les déballant. Le papier atterrit près la corbeille à papier tandis que je fourre le chocolat dans la bouche, folle de rage.

— Comme c'est mignon. On peut se disputer et crier « oui » et « non » toute la journée, Shannon, mais tu dois bien reconnaître que...

— Je te rappelle ta mère, qui est morte d'une piqûre de guêpe, et tu ne peux pas le supporter.

En terminant sa phrase pour lui, j'ai choisi un chemin qui mènera soit à la fin de toute histoire entre nous, soit à un véritable commencement.

Quelque chose de réel.

— Qui t'a dit ça ?

— Google, dis-je en relâchant la tension de mes épaules. Je suis désolée.

— Qu'est-ce que tu as lu d'autre ?

Sa voix est si tendue qu'elle pourrait faire office de corde de guitare.

— Il n'y a rien de plus, dis-je, déconcertée. Peu importe à quel point j'ai essayé, je n'ai rien pu déterrer d'autre. Et Jessica n'a été d'aucune aide.

— Jessica ?

Sa façade soigneusement construite commence à se fissurer, son visage le trahissant alors qu'il commence à montrer quelques signes d'émotion au-delà du désir.

— Qu'est-ce que Jessica a à voir avec ma mère ?

Tout ça me semble ridicule à présent, mais j'ai l'impression de devoir le lui dire.

— On a pensé que, comme c'est une commère, elle saurait peut-être ce qu'il s'est passé il y a dix ans, alors je lui ai demandé. Je n'ai pas eu de réponse. Je suppose qu'elle ne le sait pas.

— Détrompe-toi. Elle sait ce qui s'est passé. Si elle ne répond pas, c'est parce qu'elle ne te supporte pas.

Super. Au moins, il est sincère.

— Alors pourquoi tu ne peux pas *me* le dire, Declan ? demandé-je à voix basse. Tu l'as dit à Jessica. Mais pas à moi ? Ça a clairement beaucoup à voir avec nous.

— Nous ?

À la seconde où cette syllabe sort de sa bouche, je la déconstruis, trouvant 17 significations différentes en tenant compte de l'inflexion, du ton et du rythme.

— Et je ne l'ai jamais dit à Jessica, dit-il avec un grognement. Elle l'a découvert d'elle-même et m'a confronté.

— Confronté ? Quel est ce grand secret ?

Il s'éloigne de moi et s'approche du balcon. Il appuie ses bras sur le fer forgé de la balustrade, écartant les épaules, de telle sorte que les muscles de ses bras se contractent. Il baisse la tête quand je le rejoins. Il ne peut pas – ne veut pas – croiser mon regard.

Je pose ma main sur son épaule. Il bouge juste assez pour me faire comprendre que je dois l'enlever.

— Tu es sûre d'être en sécurité ici ? demande-t-il d'une voix grave.

— À l'abri de quoi ? Des vibromasseurs volants ?

Il rit, manifestement à contrecœur. Pourtant, il ne veut pas me regarder. Son regard se reporte sur l'eau, ses yeux suivant un voilier qui glisse doucement sur les vagues.

— Non. D'une piqûre d'abeille.

La colère se déverse en moi comme si on me l'administrait via une poche de perfusion, comme un médicament.

— Tu ne peux pas laisser tomber, hein ?

Il relève la tête.

— Quoi ?

— Tu ne peux pas oublier le fait que j'ai ce… truc. Cette allergie. Cette malédiction.

Je sens la diatribe au fond de moi, prête à se déployer.

— Ce n'est pas comme si j'avais le choix. Je n'ai pas demandé à l'avoir. Ça fait partie de moi, et je prends toutes les précautions imaginables…

— Pas toutes les précautions.

Je penche la tête et je fixe son profil. Je sens mes joues s'embraser. Le sang coule à travers moi comme un tsunami.

C'est ça ? C'est ça qui l'arrête ?

— Menteur, craché-je.

Ses yeux brillent d'un mélange de confusion et d'indignation.

— Menteur ?

— Oui. Menteur. Tu m'as menti il y a un mois. Tu m'as dit que j'étais un caméléon, que je ne révélerais pas la vraie Shannon.

— Quel est le rapport avec mon mensonge sur…

— C'est *ça* la vraie Shannon. La *vraie* Shannon peut mourir si elle est piquée par une abeille. La *vraie* Shannon a des seins qui touchent le lit quand elle est couchée sur le dos. La *vraie* Shannon doit porter une gaine pour pouvoir mettre une taille 46. La *vraie* Shannon déteste les films *Transformers*. La *vraie* Shannon pense que Jessica, Steve et ton père sont des personnes fausses qui ont un ego surdimensionné et sont déconnectées de la réalité.

Il ne montre pas le moindre signe d'émotion. Son visage est impassible. Mais ses poings sont serrés sur ses cuisses, et ses narines s'évasent tandis qu'il respire en silence. Aucune réaction.

Ah non ? Je vais te faire réagir.

— Et la *vraie* Shannon trouve que tu es une mauviette

émotionnelle parce que tu penses que cacher tes émotions fait de toi un homme, ajouté-je.

Le coup de grâce, en quelque sorte. J'ai envie de l'embrasser à nouveau et de donner un peu de bon sens à ce beau visage, en utilisant ma langue, mes mains et mon cœur s'il le faut, mais je vois bien que ce serait inutile. Il s'accroche à son secret et s'il ne veut pas me dire ce qui se passe, je ne peux pas continuer à jouer à ce jeu.

Mon cœur n'est pas un jouet.

Sur ces mots, je sors de ma chambre en arrachant mon sac à main et ma feuille d'instructions.

Il est temps d'aller évaluer le bar.

C'est une chambre froide ici.

Cette fois-ci, littéralement. Je suis folle de rage et je brûle tellement de colère qu'en entrant dans le bar de glace, j'ai peur de faire fondre l'endroit par ma seule présence.

En entrant dans la salle de glace sculptée, je me rends compte que c'est comme une grotte. Le bar a des tabourets – en glace. Le bar en lui-même est une couche de glace aux bords arrondis. Les étagères ? En glace.

C'est magique.

Mes tétons pointent à cause du froid et je baisse les yeux. Tout ce que je porte, c'est ma fine chemise blanche en soie, mouillée il y a quelques minutes. Ma manche trempée est comme une couverture givrée, et je vois de la buée sortir de ma bouche. J'ai laissé ma veste dans ma chambre (avec Declan) et ma jupe est fendue jusqu'à ma culotte.

Pas étonnant que mes nénés réagissent comme ça. Il fait *froid*.

Je m'en fiche. Des milliers de mots tournent en boucle dans mon esprit. La plupart sont des diatribes profanes à l'encontre de Declan.

Comment ose-t-il ?

Comment *ose-t-il* !

Arriver et interrompre le travail le plus important que j'ai jamais eu, se moquer de ma profession en prétendant être un homme d'entretien (oui, c'est ça... Amanda l'a forcé à le faire !) et ensuite, avoir l'audace de m'embrasser. Ça fait beaucoup. Et ensuite, il me dit que c'est de ma faute s'il ne m'a pas dit ce que sa mère morte avait à voir avec le fait qu'il m'ait larguée !

J'ai besoin d'un whisky. Vraiment.

Je m'assieds avec précaution sur le tabouret de bar froid et dur, recouvert de glace. Le barman me tourne le dos, et il siffle un air que je ne reconnais pas. L'éclairage du bar est constitué d'une série d'ampoules LED d'un bleu froid incrustées dans la glace. La salle entière semble tout droit sortie du décor d'un nouveau film *Star Trek*.

La musique égrène un jazz langoureux avec un côté blues et décontracté. Le genre de musique qui vous motive à aller au lit avec quelqu'un. Abandonner ses inhibitions et se laisser porter par ses pulsions vers un autre endroit.

Comme une chambre d'hôtel à l'étage.

Ma peau picote sous l'effet de l'émotion persistante, mes lèvres sont à vif à cause de ses baisers, mon cœur est déchiqueté et il bat à tout rompre, comme s'il égrenait le temps qui passe. Comme s'il incombait à mon cœur de compter les secondes.

Tic. Tac. Tic. Tac.

Ce poids est trop lourd à porter.

Je dois le noyer dans l'alcool.

Je m'éclaircis la gorge.

— Excusez-moi ? Je voudrais un...

Alors que le barman se retourne et que je vois son visage, je perds mes mots.

C'est Andrew.

Le frère de Declan.

— Qu'est-ce que *tu* fais là ? demandé-je, incrédule.

Quelques têtes, toutes masculines, se tournent vers ma voix assez forte et impérieuse. Ils retournent à leur boisson et à leur conversation quand Andrew se penche vers moi et met sa main sur la mienne, comme si nous étions de vieux amis.

Là où Declan est ténébreux et intense, Andrew est clair et inexpressif. Commun. Maintenant que j'ai vu des photos de leur mère, je comprends de qui tient Andrew. Il n'est pas tout à fait blond, et ses yeux sont marron pâle, comme un bon whisky. Dans les grandes lignes, son visage ressemble toutefois à celui de Declan.

— Est-ce que tu pourrais parler moins fort ? Quand on est sous couverture, on est censé se fondre dans la masse.

— Je me fonds dans la masse !

— Je voulais dire moi. Je joue la comédie, et c'est ma première fois, alors ne gâche pas tout.

Il se moque de moi, fait semblant d'être sérieux.

— Je ne veux pas avoir à faire semblant d'être lesbienne et que tout m'explose au visage, ajoute-t-il.

— Espèce de connard.

— Toujours très agréable.

— Attends que j'aie bu deux verres.

Son visage se fend d'un large sourire et il désigne du bras les innombrables bouteilles qui se trouvent sur les étagères devant une paroi de glace très polie.

— Qu'est-ce que je te sers ?

— Deux doigts de whisky. Sec.

J'ai entendu mon père commander de cette façon dans les bars, alors pourquoi pas ?

Il verse deux doses généreuses dans un verre et me le fait glisser.

Je prends une gorgée. La brûlure de l'alcool ne suffit pas à rivaliser avec la chambre froide dans laquelle je me trouve. Je décide donc de boire mon verre cul sec et le repose violemment sur le bar.

— C'est tout ? Deux doses chaudes dans un verre ? râlé-je tandis que le liquide me fait l'effet d'alcool à brûler qui se déverserait dans mon nombril.

— C'est ce que tu as commandé. Tu veux un vin plus frais pour continuer ? Ou une boisson avec un parapluie dans une noix de coco ?

Je le regarde fixement.

— Tout ce qui pourrait attirer l'attention d'une abeille serait formidable.

Ses yeux se refroidissent, mais il balaie la pièce du regard, puis dit :

— Pas ici.

— Nulle part ailleurs, d'après ce qu'on m'a dit.

— Dec n'a jamais su fermer sa grande gueule, rétorque Andrew, ce qui me fait hoqueter de surprise.

Si Declan est trop bavard, je me demande bien dans quel genre de famille ils ont grandi. La poignée de phrases que j'arrive à lui arracher sur ses sentiments, son passé, sa mère est tout l'opposé de ce que prétend Andrew. Alors que l'alcool commence à faire son effet et fait naître la curiosité en moi, je décide que me mettre à dos la seule personne qui pourrait me donner un aperçu de Declan McCormick pourrait être une erreur.

Une grosse.

— Il est plutôt doué pour garder ses propres secrets, dis-je d'une voix conspiratrice.

Bingo !

Andrew se penche vers moi :

— Ah ça, oui.

Cela me donne l'occasion de le regarder de près. Il porte une chemise blanche à col, un gilet noir et un badge qui indique « Jordan ».

— Pourquoi vous faites semblant de travailler ici, Declan et toi ? demandé-je.

Ce n'était pas la question que j'avais initialement sur le bout de la langue, mais en ce moment je me sens grisée et à l'aise avec lui. Hormis le fait de le fixer à travers une table de conférence et d'entendre parler de sa vie façonnée par les TOC pour éviter d'être piqué par une abeille, je ne sais rien d'Andrew.

— Ton amie a tout organisé. Amanda.

Ses lèvres forment instantanément un sourire qu'il tente de transformer en air cordial, mais je ne suis pas dupe. Deux questions se disputent la parole, et celle qui l'emporte est :

— Amanda ?

Je tousse son nom.

Brillant, n'est-ce pas ?

Andrew verse deux autres doses dans mon verre et me

regarde fixement. À la lueur tamisée, mes yeux cherchent à trouver Declan en lui, mais toutes les traces de son frère ont disparu.

Un autre client du bar attire son attention, et il hausse les épaules en s'excusant, me laissant une minute pour aller servir une Guinness. Je sirote lentement mon verre et je me rappelle que je suis là pour le boulot. Je travaille. Mon smartphone est à portée de main et je le sors, récupérant le formulaire d'évaluation de mon application. Pendant qu'Andrew sert un martini à un second client, je réponds aux questions avec le shaker en bruit de fond.

— Vous ressemblez à la princesse Elsa, dit une voix pâteuse à ma droite.

Je lève les yeux, confuse, et je me retrouve face au visage d'un homme qui a environ dix ans de plus que mon père. Il est chauve, porte des lunettes élégantes avec une ligne noire en haut des verres, et une boucle à l'oreille droite. Des tatouages couvrent ses avant-bras et il porte une chemise à carreaux boutonnée. C'est comme mettre L.L. Bean, Monsieur Propre et Keith Richards dans un mixeur Vita Mix et les verser dans un moule en forme d'homme.

— Vous me draguez en utilisant des personnages de Disney ? dis-je en essayant de paraître indignée tout en remettant mon smartphone dans mon sac à main.

Mais aucune trace d'indignation n'apparaît. Le whisky me fait trouver tout cela amusant.

Ma jupe a fait fondre une partie de mon tabouret de bar et quand je me déplace, le tissu reste en place. Ma cuisse, par contre, se la joue *The Full Monty* en version féminine. Heureusement que je porte des sous-vêtements.

Il lève une épaule et sourit, révélant deux dents en or. Ses deux canines.

— On ne peut pas reprocher à un homme d'essayer de briser la glace. Pas mal la réplique, vu le cadre, non ? Vous avez une chambre ici ? Et une sœur ?

— Une sœur ? Pourquoi, vous avez un ami pour elle ?

— Non.

Ses yeux lubriques cherchent à me dire quelque chose que j'essaie de comprendre tout en sirotant mon whisky.

Je n'y arrive pas.

— Pete, dégagez de là, grogne Andrew, qui réapparaît rapidement. Arrêtez de draguer les femmes qui ont terminé leurs études secondaires au XXIe siècle. Et arrêtez de suggérer des plans à trois.

— Elle est majeure. Vous êtes majeure, n'est-ce pas ?

Je suis flattée qu'il puisse en douter, mais j'essaie aussi d'enregistrer ce qu'Andrew vient de dire. Un plan à trois ?

— Si vous pensez que j'ai l'air d'avoir moins de 18 ans, Pete, alors vous devriez changer de lunettes, c'est tout ce que je peux dire.

Andrew lui tend un verre d'un liquide clair avec glaçons.

— Allez trouver quelqu'un d'autre à déranger.

— Elle est avec vous ? aboie Pete, nous regardant successivement Andrew et moi. Vous êtes un homme chanceux. Avec ces cuisses enroulées autour de la tête, on n'entendrait même pas une tornade arriver même si elle traversait votre immeuble.

Je n'ai pas de frère. Je n'ai plus de beau-frère. L'expression du visage d'Andrew n'a donc pas de sens pour moi sur le moment, mais, des années plus tard, je comprendrai mieux.

— Foutez-moi le camp d'ici, dit Andrew, les yeux levés pour attirer l'attention du type de la sécurité en civil à l'entrée.

Il s'appelle Jerry (j'ai vérifié quand je suis entrée) et Jerry est là en trois secondes.

— Je suis un bon client, crache Pete en me déshabillant du regard pendant que j'essaie de couvrir mes jambes – et que j'échoue. Qui est votre patron ? Je vais vous faire virer.

— *C'est moi* le patron, dit Andrew alors que Jerry escorte (traîne) Pete dehors.

La compassion et une sorte de méfiance coexistent dans les yeux d'Andrew lorsqu'il me regarde, mais il semble avoir du mal à établir un contact visuel en même temps.

— Ça va ?

Il semble plus bouleversé que moi.

— Moi ? Bien sûr. Pas de problème. C'est juste un connard de plus qui drague les femmes.

Son commentaire sur mes cuisses me revient à l'esprit. Je ne sais pas si je dois être offensée ou flattée.

La bouche d'Andrew reste entrouverte. Oh. Je suppose que j'ai parlé à voix haute.

— Tu serais vexé, toi ? ajouté-je, en terminant mon deuxième whisky. Si quelqu'un disait ça sur tes cuisses ?

Je sors mon téléphone, sans attendre de réponse.

— Laisse-moi demander à Amanda. Je me demande si ses cuisses sont assez grandes pour bloquer le son quand elle est…

Andrew devient rouge vif à la mention du nom d'Amanda.

Ah ah !

— Amanda, dis-je.

Rouge.

— Amanda !

Il rougit à nouveau.

— Comme c'est amusant.

— Qu'est-ce qui est amusant ? demande-t-il. Parler des cuisses des femmes ?

— Qu'en est-il des cuisses d'*Amanda* ?

Rouge.

— Il fait chaud ici, marmonne-t-il. Il faut que je baisse la température, sinon la glace va fondre.

— La température n'est pas le problème. C'est Amanda, le problème.

— Ça, c'est sûr. Tout ça, c'est de sa faute, annonce-t-il.

Les mots prononcés par Declan tout à l'heure me reviennent.

— Declan a dit qu'elle avait tout organisé. C'est vrai ?

Il hoche la tête, puis glousse.

— Ton amie est vraiment déterminée, c'est moi qui te le dis. Entrer dans mon bureau comme ça hier…

— QUOI ?

Je fais un geste vers l'alignement de bouteilles et je tape sur mon verre. Ma visite mystère prévoit que je commande deux boissons, mais qu'à cela ne tienne, je paierai la troisième.

Il me verse une seule dose dans un verre en haussant les sourcils.

— C'est tout pour l'instant.

— Dis-m'en plus sur Amanda qui a fait irruption dans ton bureau !

— Elle est venue pour se renseigner sur Declan et la façon dont notre mère est morte.

C'est comme si la pression retombait un peu. Le bar se vide et je regarde l'horloge. L'heure du dîner approche, et les gens font la navette ou se préparent à aller manger.

— On sait comment elle est morte, dis-je avec autant de compassion que possible.

— Amanda voulait connaître toute l'histoire.

— Et tu lui as tout dit ?

— Oui.

— Et... ?

— Et elle nous a dit qu'on devrait s'infiltrer dans cette visite mystère. Pour que Declan te voie.

— Hein ?

Il passe une main frustrée dans ses cheveux châtain clair et ressemble à une version plus jeune de Declan. Cela me fait sourire. Mais le journal télévisé pourrait montrer des images d'un tueur en série et je sourirais. Qu'y a-t-il dans ce whisky qui rend le monde si... beau ?

— Shannon, je n'ai jamais vu mon frère aussi heureux avec une femme. Quand il sortait avec toi, il était heureux. Or Declan ne peut pas être heureux. Pas depuis que notre mère est morte et que notre père le lui a reproché.

J'en ai le souffle coupé, tellement cette idée m'horrifie.

— Pourquoi ça ? Il avait dix-huit ans et une guêpe l'a piquée – qu'est-ce que Declan a à voir avec ça ?

Les yeux qui croisent les miens sont torturés. Comme ceux de Declan.

— Parce que ce jour-là, j'ai été piqué et ma mère aussi. Nous n'avions qu'un seul EpiPen.

Non.

— Nous étions à l'un de mes matchs de foot, à faire les imbéciles pas loin du terrain. Il y avait ces longs chemins juste à côté. La plupart devaient faire environ trois kilomètres. Notre mère aimait marcher le long de ces sentiers et aller voir les ruisseaux, se tenir sur les ponts et écouter l'eau couler. Elle disait que c'était un répit bienvenu au milieu de toute la folie de la vie avec notre père, dans le monde des affaires.

J'ai l'impression que mon souffle se transforme en glaçons qui me pénètrent et me transpercent le cœur.

Andrew s'éclaircit la gorge.

— On marchait tous les trois, à un bon kilomètre des terrains de foot quand un essaim s'en est pris à nous. Il a foncé au-dessus de nos têtes, mais quelques insectes se sont attardés. Ma mère a été piquée deux fois, et j'ai été piqué trois ou quatre fois. On savait pour l'allergie de ma mère. Elle avait un EpiPen.

Je suis aussi sobre qu'une pierre, tout à coup.

— Mais on ne savait pas que j'étais allergique, moi aussi, jusqu'à ce moment.

Sa voix me transporte. Il récite une histoire bien rodée, qui a pris forme à force d'être racontée, encore et encore.

J'imagine la scène dans mon esprit. Un peu trop clairement. Parce que je l'ai vécue avec Declan il y a peu de temps, à ma façon.

— J'ai été piqué près de l'œil et au cou. Ma mère s'est efforcée de trouver son EpiPen pour se l'injecter, dans son immense sac à main. Quand elle l'a enfin trouvé, j'avais une respiration sifflante. Declan s'est mis à crier qu'il allait courir chercher de l'aide, une ambulance. Je n'avais pas mon téléphone avec moi, et je pense que nous avons réalisé plus tard que Dec non plus, mais ma mère en avait un dans son sac.

Une crainte maladive me remplit.

— Et ?

— Le sifflement s'est aggravé et je me souviens avoir vu des taches noires.

Il secoue violemment la tête, comme s'il essayait de chasser le souvenir.

— Notre mère paniquait et tremblait, puis elle s'est effondrée sur le sol. Dec est revenu en courant et a continué à crier. Je ne me souviens pas de ses mots. Puis il a pris le sac à main de ma mère et a trouvé son EpiPen.

Il m'adresse un sourire triste.

— Notre mère nous avait tous montré – à plusieurs reprises – comment lui faire une injection en cas d'urgence.

— Logique.

C'est tout ce que j'arrive à dire.

— Mais quand Dec s'est dirigé vers elle, elle l'a repoussé et m'a montré du doigt. J'avais l'impression que ma gorge faisait la taille d'une touillette à café, et le sang qui martelait mes tempes me donnait l'impression que...

— Tu étais sous une cascade, complété-je.

Nous échangeons un regard entendu. En entendant mes mots, il s'interrompt et semble se renfermer un peu.

— Tu devines ce qui s'est passé ensuite ? demande-t-il. Ce n'est pas très compliqué. Un EpiPen. À un kilomètre de toute aide. La décision d'une mère.

Une douloureuse vague d'émotion contracte les muscles de ma gorge, remonte vers mon palais, passe à travers mes sinus et les larmes me montent aux yeux.

— Oh, Andrew. C'est terrible. Elle a forcé Declan à te faire l'injection, c'est ça ?

Il ferme les yeux et sa mâchoire se resserre.

— Oui.

Son téléphone vibre dans sa poche et il le saisit, reconnaissant de pouvoir en finir avec cette conversation.

— Je dois y aller, dit-il d'un ton sec.

Puis il marque un temps d'arrêt, faisant rouler sa langue dans sa joue, les lèvres légèrement entrouvertes. Ses yeux sont redevenus impassibles, compétence qu'il partage avec son frère.

— Maintenant, tu sais, ajoute-t-il. Notre père a accusé Declan. Il a dit qu'il aurait dû sauver notre mère.

— Mais votre mère a insisté !

Toute bonne mère l'aurait fait. Je sais que ma mère aurait fait exactement la même chose. Je le sais de tout mon cœur.

— Je sais qu'elle l'a fait. Enfin... Il s'interrompt. Je sais qu'elle l'a fait au moins une fois. Je me suis évanoui et je me suis réveillé à l'hôpital.

— Et votre mère...

— Elle est décédée le lendemain. Dec m'a fait une injection, a fouillé le sac à main de notre mère au cas où il y aurait quelque chose qui pourrait l'aider, a trouvé son téléphone et a appelé à l'aide. Puis il a couru au terrain. Le temps que les secours arrivent, il était probablement trop tard pour elle. Mais il a fait tout ce qu'il pouvait faire. Tout.

— Mais ce n'était pas assez pour James.

Andrew secoue lentement la tête.

— Ce n'est jamais assez pour notre père.

Sur ces mots, il pince les lèvres, rompt le contact visuel et sort dans le hall, me laissant frissonner.

Mais je n'ai plus froid à présent.

CHAPITRE 17

Il est 17 h 17, et je décide que pour tenter de comprendre l'ampleur des révélations d'Andrew, je devrais probablement avoir autre chose dans l'estomac que cinq ou six verres de whisky.

Heureusement, une partie de ma mission à The Fort consiste à dîner dans la salle à manger principale. Il se trouve que l'évaluation comprend un test pour savoir s'ils sont capables de me trouver une table sans réservation, ce qui est formidable, car non seulement je n'ai pas pensé à réserver, mais mon esprit ressemble à une série d'éclats d'obus qui tournent en spirale après la grenade qu'Andrew vient de me lancer dessus.

Une grenade amicale, utile, extrêmement instructive, mais qui n'en reste pas moins une arme dangereuse. Les paroles de Declan à l'issue de notre dispute, le jour où il a rompu avec moi, me reviennent.

J'ai pris un risque avec toi.

Bien sûr, j'ai pensé qu'il voulait dire la même chose que Steve, à savoir que j'étais trop brute, trop inadaptée, que je ne convenais pas aux échelons supérieurs de la société.

Mais Declan l'entendait d'une manière très différente.

Alors que j'approche du restaurant, une femme coiffée et élégante qui ressemble à la jumelle de Jessica Coffin, avec trente ans de moins, m'offre gracieusement une table. Elle ne dit pas

« pour une personne ? » avec condescendance, ce qui est important. Les voyageurs d'affaires dînent régulièrement seuls, et il n'est dans l'intérêt financier de personne de les vexer.

J'ai juste besoin d'un steak, d'une salade et d'un peu de sérénité. Je pense que les deux premiers sont au menu. Je sais que le troisième ne l'est pas.

Je suis assise à une jolie table avec une cascade de verre à ma droite, l'eau ruisselant en rubans parfaits sur un jardin zen, paisible et serein. De vrais nénuphars flottent sur les bassins remplis de carpes koïs, et j'inspire profondément, en me perdant dans les milliers de détails, de bribes de conversation et de sentiments qui me remplissent à présent.

Un serveur vêtu de blanc m'apporte de l'eau et me demande :

— Vous appréciez votre séjour, Mme Jacoby ?

Je sursaute et j'écarte les bras, venant heurter le verre de vin qu'il me tend. Le liquide éclabousse son visage marqué et familier.

James McCormick.

— Qu'est-ce que c'est que cette plaisanterie ? bafouillé-je.

— C'était censé être ma réplique, Shannon, marmonne-t-il en utilisant la serviette qu'il a sur le bras pour s'essuyer le visage.

Que ce soit le whisky ou l'histoire hallucinante qu'Andrew vient de me raconter, ou les séquelles liées au fait d'avoir vu et embrassé Declan, les mots sortent sans réfléchir.

— Comment pouvez-vous blâmer Declan pour la mort de votre femme ?

— Vous ne mâchez pas vos mots, n'est-ce pas ? Je suis sorti avec une femme comme ça une fois. Ça n'a pas fonctionné.

— Je sais. Parce qu'elle vous a largué.

Il plisse les yeux.

— De quoi parlez-vous ?

— Le nom de Winky vous dit quelque chose ?

Andrew a ouvert les vannes en me disant la vérité. Bon, techniquement, c'est Amanda qui l'a fait. J'ai mal à la tête. J'ai trop de choses à penser, alors à la place, je vais juste démolir James.

Il le mérite.

Par réflexe, il regarde son entrejambe. Est-ce que c'est un

truc d'hommes ?

— Winky ? Comme ce personnage de télévision pour enfants ?

— Winky le chien.

Il s'assoit à côté de moi, lentement, comme le font tous les quinquagénaires – même ceux qui sont vraiment en forme, comme ma mère.

— Qu'est-ce que c'est que cette plaisanterie ?

Il m'étudie attentivement.

Un peu trop de whisky, beaucoup trop de révélations, et un vibromasseur volant qui arrête la circulation ont fait de ma journée un cratère géant.

— Le nom de Marie Scarlotta vous dit quelque chose ?

C'est le nom de jeune fille de ma mère.

Les yeux de James s'écarquillent et il scrute attentivement mon visage.

— Oh mon Dieu ! Je savais que vous me disiez quelque chose.

Il rit par le nez.

— Vous êtes la fille de Marie ? Et votre nom de famille est Jacoby ?

Il se lève d'un bond et s'éloigne, disparaissant en cuisine.

Incroyablement décevant.

Un serveur apporte une corbeille avec divers petits pains artisanaux recouverts de plus de graines et de noix qu'une barre énergétique. James revient, portant deux verres de whisky.

Secs.

Il m'en tend un et je le prends d'une main tremblante. Cela semble être la meilleure idée qui soit, surtout en ce moment.

— Un toast. Aux pères extraordinaires, dis-je.

Il rayonne.

— Eh bien, merci.

— Je parlais du mien.

Son sourire s'efface, mais il hausse les épaules.

— À Jason.

Nos verres s'entrechoquent, puis nous les vidons d'un trait.

— *Lui* ne m'a jamais accusée d'avoir tué quelqu'un, dis-je

d'un air mauvais.

— Est-ce la base pour être un bon parent ? James passe le doigt sur le rebord de son verre. Si c'est le cas, j'ai échoué.

En se levant, il enlève sa veste blanche et arrache son nœud papillon. Comme Declan, il est en forme et a le ventre plat. Sa chemise est un peu de travers après son strip-tease partiel. Son regard affûté rencontre le mien. Il lève une main et un serveur s'approche de nous instantanément.

Je recouvre mon verre de ma main et je secoue la tête pour dire non.

James sourit, dévoilant ses dents. Il a un côté loup-garou effrayant. Pas dans le sens prédateur sexuel.

C'est seulement un bon vieux prédateur. Il est dangereux. Tout homme qui reprocherait à son propre fils de…

— Je le regrette. Je n'aurais jamais dû dire ça à Declan, et même maintenant, dix ans plus tard, je me rends compte que je ne peux pas m'en empêcher. Ça m'échappe. C'est contre moi que je suis réellement en colère. Pas lui.

La confession n'est pas sincère.

— Vous n'y croyez pas.

Je sors de la corbeille un morceau de pain plus grand que ma tête et j'en prends une bouchée. La croûte est si dure qu'on pourrait l'utiliser pour lapider les victimes de viol dans les pays arriérés ayant des lois misogynes. Je crois que je viens de me casser une dent. Heureusement que j'ai du whisky pour aider à soulager la douleur.

— Et qu'est-ce que je crois, Shannon ?

— Vous êtes en colère contre votre femme.

— Parce qu'elle a choisi de sauver Andrew ? Quel genre de père ressentirait cela ? Je ne suis pas un monstre.

— Non, pas à cause de ça. Parce qu'elle est morte. Point. Vous êtes juste bouleversé. N'importe qui le serait. C'est humain. Vous avez le droit d'être humain.

Il soupire lentement, l'air en colère.

— Et Declan aussi, ajouté-je.

— Si j'avais été là, j'aurais pu…

— Quoi ? Être rongé par la culpabilité comme Declan ? Je

secoue la tête. C'était un tragique accident. Ça arrive. En fait, si Declan n'avait pas fait exactement ce que sa mère lui a dit de faire, vous auriez peut-être aussi perdu Andrew.

— Je sais.

— Et vous avez dit à Declan d'arrêter de sortir avec moi parce que je ressemble trop à sa mère, murmuré-je en faisant le rapprochement.

Le rire tonitruant qui salue ma déclaration me fait grincer des dents.

— Vous ? Semblable à Elena ? Non.

— Mais nous avons la même allergie.

— Oui.

James manipule le verre devant lui et jette un coup d'œil au bar de glace, où Andrew a repris son poste. Vêtu à présent d'un costume-cravate, il est en train de discuter avec ce qui ressemble à un manager.

— Avez-vous la moindre idée de ce que c'est que d'avoir un enfant, une femme ou un proche atteints d'une allergie anaphylactique grave comme celle-ci, Shannon ?

Je montre mon propre cœur.

— Heuh…

— Non, soupire-t-il. Je ne minimise absolument pas ce avec quoi vous vivez, jour après jour, mais non. Ce n'est pas la même chose que d'aimer quelqu'un qui en est atteint.

Je fronce les sourcils. Où veut-il en venir ?

— Quand nous avons appris qu'Elena était gravement allergique, nous sommes allés voir les meilleurs spécialistes. Nous avons pris toutes les mesures préventives. Nous avons formé les garçons et leur avons fait passer des tests. J'ai pris toutes les fichues précautions possibles, j'ai atténué les risques autant que possible, et… Il écarte les mains dans un geste d'impuissance. Regardez ce qui s'est passé.

— On ne peut pas vivre dans une bulle, dis-je, désarmée.

— Comprenez-vous, dit-il en serrant les dents, ce que c'est que de vivre dans la crainte constante et permanente que la personne que vous aimez, par simple contact accidentel avec une abeille ou une guêpe, puisse vous être enlevée ? De trembler chaque printemps et de soupirer de soulagement chaque automne aux premières gelées ? Vivre dans cet état entraîne une sorte de folie.

Je ne sais vraiment pas quoi dire, alors je finis mon verre et je mange plus de pain.

— Croyez-moi, dit-il, ses yeux se tournant vers Andrew, qui essuie des verres derrière le bar.

James reporte son attention sur moi, les yeux rougis. Sa peau flasque de vieil homme le fait paraître encore plus triste.

— Ce n'est pas une façon de vivre sa vie.

— Scier la branche sur laquelle on est assis n'est pas idéal non plus.

Ses yeux pleins de ressentiment rencontrent les miens.

— Ah, si seulement la vie était aussi simple.

Je me lève. Il m'a coupé l'appétit depuis longtemps. J'ai les jambes branlantes, mais l'esprit très, très clair.

— Vous rendez la situation plus complexe qu'elle ne devrait l'être, et vous enseignez à vos fils les mauvaises choses. Qu'en est-il de l'amour ? Vous aimiez votre femme, n'est-ce pas ?

Il se lève d'un bond. Nous nous donnons en spectacle. Au diable les normes professionnelles. Cela fait bien longtemps que j'ai laissé tomber cette visite mystère pour mener ma propre enquête.

— Bien sûr que je l'aimais. Plus que la vie elle-même.

— Les gens disent ça, mais ce n'est pas vrai.

Il me regarde, le visage rouge de colère.

— Si vous aimez quelque chose plus que la vie elle-même, cela signifie que vous préférez être mort. Et vous ne l'êtes pas. Vous avez choisi de vivre après sa mort.

— Ce n'était pas une décision facile.

— Et maintenant vous êtes en train de détruire émotionnelle-ment vos fils !

— Je n'ai pas besoin que vous jouiez à la psychologue avec moi, Shannon, crache-t-il.

— Tu as besoin de quelqu'un pour jouer au psychologue, papa, dit Guido, qui est mystérieusement apparu derrière nous.

Je jette un coup d'œil à son visage, puis au regard furieux de

James, et tout s'éclaire.

— Terrance, chuchoté-je. Vous n'êtes pas Guido.

Il m'adresse un sourire crispé.

— Et vous n'êtes pas une cadre de passage pour une nuit.

— Qu'est-ce qui se passe ? demandé-je. Pourquoi Andrew, Declan et vous deux, vous vous faites tous passer pour des employés de l'hôtel ?

— Amanda nous a dit... commence James.

— Vraiment ? Tout ça a été orchestré par Amanda ?

— Elle a suggéré que nous prenions chacun deux heures pour en savoir plus sur notre hôtel, de l'intérieur.

— Et ça a été concluant ?

— J'ai appris beaucoup de choses, Shannon, dit James par-dessus son épaule en partant. Plus que je ne l'aurais voulu.

Je fais quelques pas tremblants et je trébuche. Terrance/Guido me saisit le coude.

— Combien de verres avez-vous bus ? demande-t-il d'une voix grave.

Ma culotte est mouillée, mais c'est peut-être lié aux tabourets du bar qui ont fondu.

— Assez pour m'en prendre à votre père.

— Tant que ça ? Je suis impressionné.

Il m'aide à marcher vers l'ascenseur et me demande mon numéro d'étage. Je tape 14 et je recule.

— Terrance, dis-je simplement.

— Appelez-moi Terry. Impressionnant, dit-il, les yeux tournés vers moi.

— Vous allez me draguer aussi ? J'ai eu ma dose ce soir, merci, soupiré-je.

Entre le baiser de Declan et les commentaires de Pete sur mes cuisses, je pense que je vais devenir nonne.

— Non, c'est juste que... Declan a parlé de vous en termes élogieux. En plus, vous avez un vibromasseur vraiment intéressant. Je n'en avais jamais vu capable de voler et d'arrêter la circulation comme ça.

Il prononce ces mots au moment où un couple de personnes âgées arrive devant les ascenseurs. L'homme va pour indiquer leur étage, mais il s'arrête à mi-chemin, le doigt à un centimètre des chiffres.

Heureusement, mon ascenseur arrive et Terry m'escorte jusqu'à lui. Le couple âgé ne se joint pas à nous. Nous montons en silence. Ma tête tourne un peu dans cet espace clos. Mon corps s'échauffe. De tous les frères de Declan, c'est lui qui lui ressemble le plus, et pour autant que je sois en colère contre Declan, j'ai aussi envie de lui.

Terry m'emmène dans ma chambre et me dit :

— Ravi de vous avoir enfin rencontré.

Je renifle.

— Ça n'a pas d'importance, puisque Declan m'a larguée. Mais ravie de vous avoir rencontré, Guido.

Et sur ces mots, je rentre dans ma chambre, je m'écroule sur le lit et tout devient noir.

J'ai pris un risque avec toi.

Quelqu'un frappe à ma porte. Je m'assieds, désorientée. Le vent agite les rideaux et le clair de lune se déverse dans la chambre noire.

L'obscurité. La nuit. Quand cela s'est-il produit ? Il faisait jour quand je me suis mise au lit, et maintenant…

Un coup d'œil au réveil m'indique qu'il est 22 h 22.

Quoi ?

Je m'assieds tandis que la personne à la porte frappe à nouveau, plus fort cette fois, comme un homme qui frappe avec son poing.

— Room service, dit une voix d'homme étouffée.

Le room service ? Est-ce que j'ai commandé à manger ? Je sais que j'étais censée le faire dans le cadre de ma visite mystère, mais je ne me souviens pas l'avoir fait.

Je m'assieds, la bouche sèche et je me frotte les yeux à plusieurs reprises. J'inspire profondément et je reprends mes esprits. Un gargouillis, au fond de mon estomac, me fait réaliser que je suis affamée.

Peut-être ai-je appelé et commandé le dîner ? Si oui, qu'est-ce que je m'apprête à manger ?

J'ouvre la porte et me retrouve face à Declan, poussant un chariot de room service chargé de plats couverts.

Je lui ferme la porte au nez.

Je ne suis pas *si* affamée que ça.

Le dos appuyé contre la porte, je lutte pour me réveiller totalement, mon cœur tambourinant contre ma cage thoracique. Je suis toujours en colère contre lui, n'est-ce pas ? Je devrais l'être. Et pourtant, alors que les détails de mes conversations de la soirée me reviennent, je sens le doute m'envahir. Je me mords la lèvre inférieure, fort, en essayant de me réveiller. De me raisonner.

Toc-toc-toc.

— Shannon ?

Sa voix est contrite. C'est nouveau.

— S'il te plaît. Tu dois manger. Andrew et Terry s'inquiètent pour toi.

Ils s'inquiètent ?

— Ils ont dit que tu avais pas mal bu, ils ont parlé d'un type qui t'avait draguée au bar, de mon père qui s'était montré odieux et...

Sa voix se transforme en un grognement frustré.

— Laisse-moi entrer. Prends à manger. Je veux m'assurer que tu vas bien.

— Qu'est-ce qu'il y a au menu ? demandé-je à travers la porte.

— Du filet mignon. Accompagné d'une purée de pommes de terre et d'une réduction de figues et de vinaigre balsamique. Et en dessert, un cheese-cake moka-caramel.

Je gémis. C'est plus fort que moi.

— Mais pas de vin blanc. Andrew a insisté.

Il y a une question en suspens dans sa voix. Je frotte ma joue contre la porte et je prends une profonde inspiration. C'est décidé.

Le cheese-cake l'emporte.

Le cliquetis de la porte reflète mon choix, et j'ouvre en reculant. Declan pousse le chariot à l'intérieur et m'adresse un demi-sourire en l'installant à côté du bureau et en posant les plateaux sur le lit.

— Mange.

— Tu n'as pas à t'inquiéter pour moi, tu sais, insisté-je.

Mais alors qu'il retire la cloche du premier plateau, l'odeur du steak et des épices fait dire à mon estomac le contraire de mes paroles.

Il rit.

— Contente-toi de manger.

Après avoir posé la cloche, il recule et me regarde de haut en bas.

— Tu as fait une bonne sieste ?

— Non. J'ai rêvé d'une abeille tueuse qui venait me chercher en Antarctique. Et d'un loup féroce.

— Comme c'est étonnant, dit-il. Ce n'est pas difficile de comprendre ce que veut dire ton subconscient.

— Et toi, de quoi rêves-tu, Declan ?

Je prends une fraise dans une assiette de fruits et je l'engouffre, reconnaissante d'avoir quelque chose pour me remplir la bouche après avoir posé la question.

— De toi.

— Joli, dis-je, en levant le menton et en me dépêchant d'avaler. Vraiment. Belle réplique.

— Ce n'est pas une « réplique ».

Je prends une bouchée de pomme de terre, puis une autre, soudain affamée. Declan écarte la chaise de bureau du tiroir à clavier et s'assoit à cheval dessus.

Oh. Donc il reste. Et nous allons parler.

Qu'il en soit ainsi.

Je coupe le steak et j'en prends une bouchée. Il est cuit comme il faut, tendre comme du beurre. C'est vraiment une belle pièce.

— Raconte-moi tes rêves, insisté-je en mangeant, puis je m'arrête. Tu en veux ?

— J'ai déjà mangé, dit-il d'une voix brute. J'aime te regarder.

— Tes rêves, exigé-je. Tes rêves.

CHAPITRE 18

— Quand je rêve de toi, c'est tout en douceur et en légèreté. Je ne me souviens pas de mes rêves exacts, avoue-t-il. Pas comme les gens normaux. Je vois des images. Des images fixes. Des flashes.

— Pas comme une bobine de film ? C'est comme ça que mes rêves fonctionnent. Du moins, quand je m'en souviens, expliqué-je.

Le filet fait la taille d'une pièce de monnaie et je le finis en cinq bouchées, puis je passe aux pommes de terre, et aux légumes en julienne. Notre conversation est tellement... normale. Concrète.

Se tenant le menton, il appuie son coude sur le dossier en cuir.

— Non. Même quand j'étais enfant. J'ai comparé mes rêves avec ceux de Terry une fois et il m'a taquiné avec ça. Il a dit que j'étais bizarre de ne pas rêver comme lui et Andrew.

Declan hausse les épaules, les yeux un peu trop brillants, la gorge serrée. Je fais une pause dans mon dîner et je prends une longue gorgée d'eau, en profitant pour le regarder.

Il est nerveux.

Nerveux.

Mon âme commence à espérer.

Je dévoile un morceau de cheese-cake moka-caramel qui

pourrait nourrir un petit village d'Asie du Sud-Est. En prenant deux fourchettes, je lui en tends une comme un rameau d'olivier.

— Manges-en avec moi.

— Je n'ai pas faim.

— Regarde ça ! C'est une œuvre d'art. Si tu n'en manges pas une seule bouchée, alors tu n'es pas humain, plaisanté-je.

Nous en prenons une bouchée en même temps et laissons échapper le même soupir de satisfaction. Des orgasmes buccaux mutuels. Ils sont rares, mais quand ils se produisent, ils sont incroyables.

Il se jette sur le cheese-cake avant moi pour une deuxième bouchée.

— Je croyais que tu n'avais pas faim, le taquiné-je.

— Comme tu m'as manqué, dit-il, vulnérable et me regardant comme si j'étais la seule femme qu'il ait jamais vue.

Je déglutis et je marque un temps d'arrêt, ma fourchette enfoncée dans mon dessert, en suspens. Je prends le verre d'eau d'une main tremblante et je le vide d'un trait. Le souffle de Declan est torturé, l'air de la pièce est brûlant de convoitise.

— Si je t'ai manqué, dis-je d'une voix rauque qui semble venir d'un endroit situé à plus de 20 cm de ma bouche, pourquoi tu ne m'as pas appelée ? Ou envoyé de SMS ? Ou de signal de chauve-souris ?

— Tu te souviens de cette histoire d'idiot de tout à l'heure ? Eh bien… C'est dû à ça.

— Et puis il y a ta mère.

Cette fois, il ne bronche pas. Il ferme les yeux et soupire, puis les ouvre, luttant pour garder contenance. Je veux l'atteindre, le toucher, plaquer ma peau contre la sienne, mais il doit faire le premier pas. Le simple fait de savoir ce qui s'est passé il y a dix ans et de faire le lien ne signifie pas qu'il est là pour se réconcilier avec moi.

Je veux l'entendre, lui.

Il se lève et commence à faire les cent pas. La tension est palpable chez lui, comme un animal qui a été en cage pendant si longtemps qu'il ne sait pas quoi faire une fois libéré. Il traverse la petite pièce à trois reprises, les mots coulant à flots.

— Tu sais que ma mère est morte de cette satanée piqûre de guêpe. Andrew a été piqué lui aussi. C'était la première fois, et il a fait un choc anaphylactique.

Il prononce ce terme médical d'une voix de robot, mais à mesure qu'il avance dans son récit, ses émotions prennent le dessus. Les mots sortent sous forme de grognements.

— Ma mère n'arrêtait pas de me montrer l'EpiPen, puis mon frère. Elle m'a repoussée quand j'ai essayé de l'injecter. Elle m'a repoussée. Elle ne pouvait déjà plus parler à ce moment-là. Andrew paniquait et ils étaient tous les deux en train de mourir.

— Je sais.

Je marche vers lui et je l'arrête, lui prenant les mains.

— Je sais.

— Le jour où tu as été piquée, dit-il, les yeux hagards, son pouls battant si fort que je peux le voir dans son cou, juste sous son lobe d'oreille… Quand tu as été piquée et que j'ai vu ton EpiPen, ma première pensée a été « Dieu merci, une seule personne ». Une seule personne dont je suis responsable. Le sort ne s'acharne pas contre moi.

— Et puis je t'ai injecté la dose, dis-je avec un grognement étouffé et horrifié, en serrant ses mains chaudes.

— Et j'ai pensé que c'était fini. Mais tu en avais un second.

Il n'a pas besoin de dire ce que nous pensons tous les deux. La pièce se refroidit sous l'effet d'une énorme rafale. Une tempête se prépare dans la baie. Si seulement…

— Le destin, laissé-je échapper.

— Le destin, dit-il sans hésiter. Le destin est une maîtresse cruelle.

Je le regarde, l'air interrogateur.

— De toutes les femmes que j'aurais pu rencontrer avec la main dans les toilettes d'un de mes magasins, il a fallu que ce soit celle qui avait la même allergie que…

— Ouais. C'est assez bizarre.

— Je ne devrais pas être avec toi.

Je me fige.

— Mais je ne peux pas faire ça.

Faire quoi ?

— Je ne peux pas rester à l'écart. Mon père a essayé de me convaincre qu'avec toi, je finirai forcément avec le cœur brisé. Que la génétique jouait contre nous.

La génétique ?

— Tu sais ? Nos enfants ont plus de risques de...

NOS ENFANTS ? Est-ce qu'il vient de dire *enfants* ?

— Et que je passerai le reste de mes jours à craindre que...

Je me jette alors sur lui et l'embrasse, impatiente et avide de ses lèvres. L'impact est si brutal que je le plaque contre le lit. Une masse d'oreillers s'écroule sur le matelas. Nous les écartons du pied tandis que sa bouche rencontre la mienne. Notre baiser s'intensifie de seconde en seconde. Il me revendique.

— Je ne peux pas me passer toi, dit-il avec empressement. J'ai essayé. Tu es franche et honnête et la femme la plus directe que j'ai jamais rencontrée. De nature, tu cherches à faire le bien. Tu me donnes envie d'être bon, moi aussi.

Il m'embrasse le bout du nez et recule, à moitié dans l'ombre, à moitié éclairé par le clair de lune. Le temps semble suspendu dans la pièce. Son visage est pensif. Réfléchi.

— Et tu as une famille très bizarre.

— Et un chat diabolique, ajouté-je, en l'embrassant sur la mâchoire.

— Tu te fiches de ce que pensent les gens, et en même temps tu te soucies de ce qu'ils ressentent. Et tu as tenu tête à mon père.

Je sens son sourire dans notre baiser.

— C'est là que je suis tombé amoureux de toi.

— Le jour même où tu m'as *larguée*, tu es tombé amoureux de moi ?

— L'amour n'est pas rationnel.

Je suis tombé amoureux de toi.

— Quand tu as dit que tu avais pris un risque avec moi, c'était...

— Idiot. Pas le fait d'essayer, hein ?

Il retire ma chemise de ma jupe et pose ses mains dans mon dos. Cela me fait l'effet d'une décharge électrique. Je sens ma peau frissonner.

— C'était idiot d'avoir cru que je devais m'éloigner. Que la douleur d'être avec toi l'emporterait sur la joie.

La joie.

— Et tu es ici parce que…

— Parce que je ne pouvais pas rester à l'écart.

— Il a fallu que tu te fasses passer pour Alfredo le plombier pour me dire ça ?

— Ça a fonctionné ?

— Je ne sais pas. Tu devrais me le redemander. Au petit-déjeuner.

Le regard de braise qu'il me lance lorsqu'il m'attire vers lui dans un baiser me fait frissonner. Les assiettes et cloches s'entre-choquent et il s'assoit, déplaçant le plateau. Au clair de lune, les lignes de son corps, pourtant vêtu, sont dignes d'une œuvre d'art.

Je lui réclame un baiser et je commence à déboutonner sa chemise.

— Directe, hein ?

Mes mains descendent le long de son corps. Je sais précisé-ment où aller. Il halète.

— J'aime les femmes qui savent ce qu'elles veulent.

— Alors tu dois *vraiment* m'aimer, parce que je sais exacte-ment ce que je veux et qui je veux.

Mon propre souffle m'est étranger. Le contact envoûtant de ses doigts sur ma joue est comme une caresse venue d'un autre monde. Il est différent maintenant, plus profond dans ses inten-tions, et je veux le croire. J'ai besoin de le croire. Mon corps réagit avant mon cœur, si vite que je marque un temps d'arrêt, écoutant le sang palpiter en moi tandis qu'il se précipite à la surface de ma peau pour se rapprocher de lui.

Je n'ai plus la moindre retenue et je l'invite à mettre de côté tout ce qui l'empêche de s'abandonner à la nouvelle réalité que tissons ensemble, ici même. En ce moment même. Je n'ai pas besoin de l'entendre me dire qu'il m'aime – c'est trop tôt pour ça –, mais j'ai besoin qu'il me le montre.

Qu'il me le montre.

Ses mains agrippent ma peau comme un homme aux

commandes, saisissant ce qu'il désire, en prenant possession. Alors que j'attrape son pantalon et que je le défais, ses doigts s'empressent de dégrafer mon soutien-gorge. Puis je sens sa chaleur sur moi. Ses paumes chaudes m'englobent les seins. Nous retrouvons le plaisir d'être ensemble et nus dans l'intimité. Je le vois dans le regard qu'il me lance, honnête et parlant.

Il me fait confiance. Il me fait confiance à présent, et je sens la joie se répandre en moi comme un brasier liquide. Mes lèvres frémissent d'émotion, tout mon être est à la fois rasséréné et impatient. Il fait glisser ma chemise, puis mon soutien-gorge par terre tout en s'extirpant de ses vêtements. En un clin d'œil, nous sommes nus l'un devant l'autre, prêts pour la suite, et nous le sentons tous les deux. L'onde de choc de paix et d'espoir, d'excitation et de désir.

L'impression de rentrer à la maison.

— C'est ce que tu veux, murmure-t-il contre mon épaule en la recouvrant de petits baisers, répétant mes propres mots.

— Oui.

— Moi aussi. Plus que tout. Ça représente tout pour moi. Tu es tout pour moi.

— Alors, soyons tout, l'un pour l'autre.

— Assez élevé comme attentes.

— Je sais que tu es perfectionniste.

Son rire profond et guttural se transforme en quelque chose de plus sensuel alors qu'il me guide doucement vers le lit, me recouvrant de tout son corps. Toutes mes boutades disparaissent comme par enchantement, remplacées par une prise de conscience de l'instant présent. Je me sens ancestrale, vivante et immortelle, régénérée par ses baisers, ses mains, sa langue...

— Oh oui, là, murmuré-je, dans un gémissement à la limite du soupir, alors qu'il me laisse à nouveau sans voix.

Nous ne faisons que nous embrasser, mais c'est tellement plus. Sa bouche est sensuelle et vivante, nos mains vagabondes se souviennent, cherchent et apprécient ce qu'elles trouvent. Chaque baiser intense me fait ressentir des choses que je croyais impossibles, et Declan est là avec moi, une présence fougueuse et passionnée.

— Tu sais, dit-il alors que mes mains remontent depuis les sillons de ses hanches et passent sur son ventre sculpté, ses abdominaux joliment dessinés sous une peau musquée et parfaite, ça ne fait pas partie de ton évaluation.

Je ris alors qu'il embrasse à la base du cou. Je mémorise son anatomie du bout des doigts, faisant glisser mes mains sur ses fesses musclées.

— Qu'est-ce que tu en sais ? Peut-être que c'est dans mon application.

— Trouvez-vous les ébats agréables ? dit-il, ses mains faisant en sorte que ce soit le cas.

— J'ai besoin de plus de temps et d'observation pour tirer ce genre de conclusions, dis-je d'une voix fausse.

Les taquineries cessent lorsqu'il m'embrasse à nouveau, puis plonge vers un de mes seins pour prendre en bouche un mamelon durci. Encore ? C'est nouveau. Mais nous n'avons jamais eu tout le temps du monde devant nous, notre propre chambre d'hôtel et un lit de la taille de mon jardin.

— Comme tu veux, ajoute-t-il, en me montrant exactement comment assurer un service client exemplaire, les poils doux de ses cuisses et de ses mollets me chatouillant les hanches.

Nos chaleurs se mêlent désormais en une alliance lente et langoureuse, et Declan s'arrête pour me regarder.

Il me regarde vraiment.

Pas de pudeur, pas de murs derrière lesquels cacher ses émotions. Nous nous observons plus longtemps que ne le veulent les convenances. L'atmosphère se précise. Ses yeux sont une caverne de délices. Son regard m'invite à le rejoindre, et nos doigts s'entremêlent. Je déplace ma cuisse juste assez pour le caresser, et le halètement qui s'ensuit se passe de mots.

Le clair de lune qui se déverse dans la pièce me permet de voir tout ce qu'il faut. Mes yeux se délectent des lignes affûtées de son corps. Je suis fascinée par ses muscles qui dominent tous les espaces vides entre ses os. Fluide et gracieux, Declan se déplace comme un homme qui se connaît, et j'adopte la même attitude, même si ce n'est pas dans ma nature.

Qui a dit que ce n'était pas le cas ?

Ses lèvres descendent le long de mon corps. Elles s'attardent sur mes seins, puis descendent la vallée et atteignent les terres fertiles où sa bouche me fait me cambrer de surprise et de plaisir. Il prend son temps. Les mains glissées sous mon corps, il fait preuve de beaucoup d'érotisme et de générosité dans ses caresses. Mes mains passent sur ses omoplates, admirant les lignes fines et artistiques de son dos musclé, puis remontent le long de sa nuque pour s'enfouir dans ses cheveux. Il est à la source de mon être. Il goûte ce que j'ai à offrir de plus intime, et se donne de façon audacieuse et époustouflante.

Je sens que la délivrance approche à cette chaleur qui vient s'insinuer dans tout mon corps. Je me baisse vers lui et je l'attire à moi, plaquant ma bouche sur la sienne. Je veux plus d'intimité, je veux l'avoir face à moi. Ses lèvres sont acidulées et savoureuses, son sourire est tout à moi, et je le pousse à s'allonger sur le lit, me mettant à genoux.

Il est dressé dans toute sa splendeur. Je peine à reprendre mon souffle, fascinée par sa chair qui exerce sur moi une attraction magnétique. Je veux qu'il m'appartienne. Je veux qu'il me réclame.

Je le veux.

Je le veux.

Declan tire doucement sur mon genou et me guide pour le chevaucher. Il se tourne pour s'occuper des aspects pratiques, enfile rapidement un préservatif, et je le chevauche. Pas penchée en avant avec les épaules voûtées et une posture gênée, mais je le chevauche bien droite, mes seins brillant à la lueur de la lune et des lumières de la ville.

— Tu es…

Il termine sa phrase par un soupir plus gratifiant que n'importe quel mot. Ses yeux de la couleur des collines irlandaises me regardent avec une intensité marquante. Je suis à lui. Il est à moi.

Je n'ai pas besoin d'entendre le mot amour. Pas encore. Parce que je sais qu'un jour, ce sera le cas. Tandis qu'il me possède, cette certitude qui m'habite est si forte, notre connexion si solide, que nous n'avons pas besoin de prononcer ces mots. Son regard charbonneux m'observe d'un air appréciateur tandis qu'il enchaîne les coups de reins. Alors qu'il me touche au plus profond de mon être, nous ne faisons plus qu'un. Une seule chair, un seul cœur. Je le sens tambouriner sous ma main, son pouls s'accélérant tandis que nous nous dirigeons vers l'extase.

C'est ainsi que nous nous retrouvons.

Nous tremblons ensemble sur une fréquence de notre propre création, puis, conscients de ce nouveau commencement, nous trouvons le divin en nous.

CHAPITRE 19

— Tu as vraiment de belles mains.

Dans la lumière du matin, ses grandes mains paraissent l'œuvre d'un sculpteur. Ses veines épaisses et ses pouces musclés semblent tout droit sortis de la vitrine d'un musée grec. Mon corps est blotti contre le sien sous les couvertures. Nous avons tout un tas d'oreillers sous les épaules et la tête, et nous nous délectons du contact de nos peaux alors que nous sommes nus, dans un lit, et seuls.

C'est à ça que devrait ressembler la vie.

Il inspire lentement et s'étire comme un lion majestueux, les épais triceps de ses bras se contractant puis s'affinant, formant une profonde rainure dans son bras alors que ses muscles s'éloignent les uns des autres. Y a-t-il la moindre trace de graisse sur son corps ? J'en ai assez pour nous deux, je suppose. Comme s'il lisait dans mes pensées, il me donne une petite tape affectueuse sur les fesses.

Mon téléphone vibre.

— Ignore-le, grogne-t-il, laissant échapper un bruit de profonde satisfaction. Je ne veux parler à personne.

— Et moi, alors ?

Je fais semblant de faire la moue.

— Tu n'es pas comme les autres.

— Et je suis quoi, alors ?

— Tu es une proie.

Avec un rugissement taquin, il me fait rouler sous lui, me prouvant que son corps n'est pas aussi endormi qu'il le prétend. Certaines parties de son anatomie se sont réveillées un peu plus tôt et sont au garde-à-vous, prêtes à, euh… plonger dans la journée.

Bzzzzz.

Et puis le téléphone de la chambre sonne.

Nous nous regardons avec inquiétude.

— Il faut que je réponde, dis-je d'un ton suppliant.

— Bien sûr.

Il me relâche et j'attrape le combiné.

— Allô ?

— Shannon ? C'est Amanda.

— Qui est-ce ? demande Declan assez fort pour que les prochains mots d'Amanda soient :

— IL Y A UN HOMME DANS TA CHAMBRE AVEC TOI ?

Elle crie si fort que je lance le combiné sur le lit et que je plaque ma main contre mon oreille, gémissant de douleur. Declan fait la grimace et s'assoit, se précipitant vers le téléphone, qui glisse du lit comme un serpent paralysé qui ne peut éviter la chute.

— Amanda ? C'est Declan. Shannon sera de retour dans une seconde. Elle est en train de recoudre son tympan.

Le sifflement dans mon oreille ne s'estompe pas, et Declan me lance un regard étrange. Je suis complètement nue et ses yeux dérivent vers le bas.

Maintenant, il ressemble à un loup.

— Bien, et toi ? dit-il, échangeant des banalités incongrues avec la femme qui a mystérieusement déclenché les événements de la nuit dernière.

J'ai un million de choses à lui dire, la plupart impliquant « merci », mais en ce moment je regarde, en émoi, mon – petit ami ? – nu… en train de parler de la pluie et du beau temps avec Amanda.

Je reprends le téléphone et lui fais signe d'aller dans la salle de bain. Alors qu'il se lève, les muscles de son fessier me font gémir.

— Ton oreille te fait si mal que ça ? demande-t-elle doucement.

J'essuie un filet de bave de ma bouche alors que j'ai une très belle vue de Declan en train de faire du café dans la Keurig.

— Euh, oui. C'est de la torture. Pourquoi est-ce que tu appelles dans ma chambre ? Tu ne dois pas faire ça. Ça pourrait griller ma couverture. Et puis, qu'est-ce que c'est que cette histoire ? Andrew m'a dit que tu avais fait irruption dans son bureau et exigé de tout savoir sur la mort de leur mère et sur Declan. Ensuite, j'arrive pour faire cette visite mystère et c'est l'invasion des McCormick ! Terry, Andrew, Declan et James ont tous prétendu travailler ici.

Silence.

— Amanda ?

— Hum.

Son ton est hésitant. Si elle appelait parce que quelqu'un était blessé, elle le dirait. C'est pour le travail, et je suis prise de sueurs froides.

— Qu'est-ce qui se passe ? Dis-moi pourquoi tu as organisé tout ça.

— Ce n'est pas pour ça que j'appelle.

— Alors pourquoi ?

— Greg a essayé de t'appeler. Moi aussi. Shannon, va chercher ton smartphone et connecte-toi à ton compte Twitter.

— Pour quoi ? Je n'ai pas besoin de lire d'autres conneries de Jessica Coffin pour le moment.

Je jette un coup d'œil à Declan pendant qu'il prépare la deuxième tasse de café.

— Surtout en ce moment.

— Oui, eh bien, c'est à propos de ta mère. Et de Jessica. Et de la coopérative de crédit.

— Quel est le rapport entre ces trois choses totalement indépendantes les unes des autres ?

— Marie a plus ou moins créé un lien entre elles hier soir.

— Et en français, ça donne... ?

— Eh bien, elle, euh…

— Crache le morceau !

— Ta mère a commencé à se moquer de Jessica Coffin sur Twitter et à insister sur le fait que tu prétendais être lesbienne pour la coopérative de crédit, et Jessica a mis le client au courant, et maintenant ils insistent pour que Greg te vire.

J'ai demandé l'histoire complète et je l'ai obtenue. D'une seule traite.

— Répète ça ? demandé-je.

Declan fronce les sourcils et me tend la tasse de café chaud, l'air inquiet.

Elle prend une profonde inspiration et répète, mot pour mot.

— Je suis *virée* ?

Declan hausse les sourcils et forme le mot sur ses lèvres. Je hausse les épaules. Tout ça n'a aucun sens.

— Pas encore, mais quand Greg appellera…

— C'est parce que je n'ai pas effectué correctement cette visite mystère ?

Ces mots sonnent faux lorsqu'ils sortent de ma bouche, mais ce qu'elle dit n'a aucun sens.

— Non, chérie. C'est parce que ta mère et Jessica ont publiquement grillé ta couverture et que le client cherche à sauver la face. C'est une question de relations publiques. Ils ont besoin d'un bouc émissaire. Et c'est… toi.

— *Je suis* le bouc émissaire ?

Elle soupire.

— Oui. Je suis vraiment désolée, ajoute-t-elle avec empressement. Greg se sent très mal et a passé beaucoup de temps à essayer de faire changer d'avis au client, mais ils sont absolument catégoriques. La coopérative de crédit a appelé le client et ça a tourné au désastre.

— Tu as parlé à ma mère ?

Amanda hésite.

— Elle, euh, n'a pas vraiment compris à quel point Jessica pouvait être horrible.

J'en reste bouche bée.

— Elle n'a pas compris ? Après tout ce qu'on a vécu ?

— Je pense que ta mère s'est transformée en maman ourse et est devenue folle.

— Comme si ça changeait de d'habi… quoi ?

Declan rampe sur le lit et commence à me masser les épaules, qui sont actuellement deux gros blocs de granit. Virée. Je suis virée.

Licenciée pour avoir fait mon travail.

Virée pour avoir failli perdre l'homme qui est juste derrière moi, me touchant avec tendresse et compassion, essayant de me masser pour me détendre.

Virée parce que je suis aimée par une mère qui a les compétences commerciales d'un vendeur de cornet de glace en plein blizzard.

Bzzzzz. Je n'ai même pas pris mon téléphone pour regarder le désastre sur Twitter. Je ne peux qu'imaginer. Mais Declan s'approche de moi, sentant le sexe, les épices et Hummm, et me tend mon téléphone.

Greg.

— C'est Greg au téléphone ? demande Amanda avec une voix de pitié.

— C'est donc bien réel. Tu es sérieuse, murmuré-je.

— J'aimerais que ce ne soit pas le cas. Je t'assure.

Declan m'ôte le combiné des doigts avec précaution.

— Réponds au téléphone, Shannon. Finissons-en. C'est comme arracher un pansement. Il est préférable de le faire d'un coup.

Le regard qu'il me lance est pragmatique, mais en même temps compréhensif.

Je prends une profonde inspiration, j'appuie sur le téléphone vert et je dis :

— Tu n'as pas besoin de le dire, Greg. Je suis déjà au courant.

Declan se dirige vers la salle de bain pour me laisser un peu d'intimité. J'entends l'eau couler tandis que Greg se met à fulminer et à se confondre en excuses, à pester et à m'expliquer de long en large la situation. Ses mots se déversent sur moi alors que je me demande comment ma vie a pu basculer ainsi en moins de vingt-quatre heures.

Je raccroche rapidement avec mon (ex) patron pour pouvoir aller prendre une douche avec mon (ex-ex) petit ami. Au moment où je frappe à la porte, l'eau s'arrête. Formidable. Il fait partie de ces personnes qui peuvent prendre une douche de trois minutes.

Flippant.

— Entre.

Je passe la tête dans l'embrasure de la porte. Il est en train de s'essuyer. Son visage s'adoucit, il me regarde d'un air compatissant.

— Ça va ?

— Je suis virée.

— Viens là.

Il ouvre grand les bras et je me serre contre lui, toujours en état de choc. Même ma libido en a pris un coup, car même le fait de sentir sa peau propre et humide ne me donne pas envie de me frotter contre sa jambe.

— J'ai un prêt étudiant énorme à rembourser. Sans compter les cartes de crédit, et maintenant, je n'aurai plus de voiture parce que je dois rendre la Cacamobile. Et aussi atroce que ça ait été de conduire cette...

— Chut, insiste-t-il. Ça va aller.

— Ah oui ? Bien sûr que non ! C'est impossible de trouver un bon emploi stable dans le contexte économique. Je suis diplômée en marketing. Et j'ai de la chance de ne pas avoir passé l'année dernière à distribuer des échantillons de produits chez Costco pour 15 $ de l'heure.

— Tu trouveras un meilleur emploi, dit-il d'un air assuré.

Je ne sais pour quelle raison, mais le fait qu'il cherche à me réconforter est agaçant.

— J'espère que tu as raison.

Il pose son menton sur ma tête.

— Je suis sûr que oui. Parce que je veux que tu viennes travailler pour moi.

Mon rire fait rebondir mes seins contre sa poitrine.

— Très drôle.

Il recule et me regarde d'un air grave.

— Je suis sérieux. Viens travailler chez Anterdec. Directrice adjointe du marketing.

— Je n'ai vraiment pas besoin que tu te moques de moi en ce moment.

— Je ne plaisante pas avec les affaires. On te paiera plus, Anterdec offre de très bons avantages, et tu auras des actions, des primes et des congés maternité.

Il me fait un clin d'œil.

— Je n'arrive pas à croire que tu dises ça.

Je me sens comme hébétée. Il prend un air penaud.

— Est-ce que je suis allé trop loin avec le commentaire sur la maternité ? Je ne veux pas abuser des cartes que j'ai en mains.

— Non, je veux dire… Tu pensais vraiment que j'allais sauter sur l'occasion et accepter de travailler pour toi, que tu arriverais sur ton cheval blanc pour me sauver… ?

— Ce n'est pas ce que je…

Je commence à trembler. Je n'arrive pas à me contrôler ni à l'arrêter. Je tremble. Guido qui s'est avéré être Terry, ma confrontation avec James, la réunion avec Declan et maintenant je suis virée ? C'en est trop !

Et Declan qui veut à présent m'envelopper dans de la gaze et me transformer en sa petite poupée de porcelaine.

Négatif.

— J'ai, euh, besoin d'une douche. Tu n'as pas une réunion d'affaires ou quelque chose à faire ? marmonné-je en allumant le robinet et en grimpant sous la douche.

Ce serait à peine plus clair si je le poussais dehors en lui jetant ses vêtements.

Le visage de Declan apparaît entre le mur carrelé et le rideau de douche, comme Jack Nicholson passant la tête par la porte dans l'ancienne version de The Shining. D'accord, peut-être pas à ce point, mais…

— Tu ne te débarrasseras pas de moi aussi facilement, dit-il, et il me rejoint.

— Tu viens de te doucher ! protesté-je.

La sensation de sa peau lisse contre la mienne quand il m'enlace par-derrière est en contradiction avec ma juste indignation, à laquelle je me raccroche, mais qui ne tient déjà plus qu'à un fil.

— Je peux me mouiller à nouveau.

Il me retourne, et je sens le jet chaud et bienvenu dans mon dos. Mes cheveux pendent mollement sur mes pommettes et mes épaules. Le deuxième cerveau de Declan, quant à lui, n'est définitivement pas mou.

— Et mes yeux sont là-haut, me dit-il d'un ton cajoleur.

Je lève les miens.

— Oups.

— Tu me reluques.

— Oui.

— Bien.

Il m'embrasse avec tant de passion que je sens mes orteils se recroqueviller.

— Ne sois pas fâchée. Je suis sérieux pour le travail. Ça fait longtemps que je pense te l'offrir.

— Combien de temps ?

— Depuis le jour où tu t'es présentée à cette réunion après l'incident des toilettes.

Je le regarde avec suspicion.

— Depuis si longtemps ? Pourquoi ?

— Parce que tu es intelligente.

— Pfff. Ce n'est pas une raison suffisante ! Personne n'obtient un bon emploi dans une grande entreprise parce qu'il est *intelligent*, dis-je en émettant un bruit dédaigneux du fond de ma gorge.

— Alors, comment obtenir un bon emploi dans une mégaentreprise ? demande-t-il.

— En connaissant quelqu'un... dis-je en gémissant. Par son réseau.

Ses mains serrent mes fesses rebondies. Il m'embrasse au creux de la nuque.

— C'est comme ça qu'ils appellent ça ? Le réseau ?

— Tu ne peux pas me donner un travail juste parce que tu couches avec moi ! Quel genre de féministe serais-je si j'acceptais ça ?

— Une féministe *salariée* ?

Je m'arrête un instant pour considérer la question, tandis que sa main fait des choses indicibles. Vraiment. J'ai du mal à parler.

— Est-ce que je travaillerais sous tes ordres ?

Il fait un bruit suggestif.

— Et si on faisait une petite séance d'accueil des employés maintenant ? murmure-t-il.

Puis il me montre ce qu'il y a à savoir.

CHAPITRE 20

—Regarde-moi ce titre, chantonne Josh en fracassant le journal du matin sur mon bureau.

Hum, ancien bureau, techniquement. Je suis là pour le débarrasser.

Orgasme volant non identifié titre le journal, avec une photo géante d'un vibromasseur écrasé sur le sol à côté du pare-chocs d'un taxi, deux hommes se disputant à ce sujet.

—Joli.

— C'est drôle que ça se soit passé dans l'hôtel exact où tu séjournais, ajoute-t-il avec un regard sournois.

— Le monde est fait de coïncidences incessantes.

— Et elles semblent te suivre partout.

Il sort de mon bureau et entre dans le sien. J'entends des cliquetis furieux de touches sur un clavier au loin.

Je fais un bruit dédaigneux et je continue à ranger mes affaires personnelles dans un carton. Greg n'est pas là aujourd'hui, mais il m'a appelé trois fois au cours des deux derniers jours pour s'excuser abondamment. Je reçois une indemnité de licenciement d'un mois et je peux continuer à faire des visites mystère pour lui, mais il ne peut pas risquer de perdre le deuxième plus gros client de Consolidated Evalu-shop.

Je comprends. Je comprends vraiment. Et il y a un bon côté. Vraiment.

C'est Carol qui reprend mon poste. Elle m'a hurlé dans l'oreille après son entretien avec Greg, et mes parents pourront garder les garçons, les rares fois où elle devra travailler en dehors des heures d'école. C'est un soulagement de savoir que même si ma propre carrière est détruite, au moins cela aura du bon pour ma sœur et mes neveux.

— Hé, chuchote Josh, prenant son ordinateur portable avec lui.

Je vais lui remettre le mien et il va sauvegarder tous mes dossiers personnels, puis tout effacer pour donner l'ordinateur à Carol.

— Je dois te montrer quelque chose.

Il clique sur un onglet avec Twitter ouvert. Sur le profil de Jessica Coffin. Je gémis.

— Non, non, regarde juste, m'assure-t-il.

Il a les yeux brillants et il est très agité, ce qui signifie que je suis sur le point d'apprendre tout ce qu'il y a à savoir sur les scripts du protocole sftp de Linux ou qu'il va m'expliquer en détail comment le darknet prendra le dessus sur le monde lorsque les Illuminati de la génération Y prendront le pouvoir.

— Je n'ai vraiment aucune envie de penser à Jessica Coffin à nouveau.

— Elle se fait complètement démolir en ligne. Twitter, Facebook, Pinterest, Tumbler, etc. Il y a un long, long fil sur Reddit qui la critique.

Maintenant, je suis intéressée.

— Que s'est-il passé ?

Il agite les mains devant lui avec jubilation, le visage rivé sur l'écran lumineux.

— Quelqu'un, dit-il d'un ton espiègle, semble avoir piraté son compte Twitter et publie tous les messages directs et privés qu'elle a reçus au cours de l'année écoulée.

— Hein ?

— En gros, les gens ont alimenté ses ragots et maintenant ils se font tous balancer. Sur son compte Twitter bien sûr.

— Pourquoi ferait-elle ça ?

— Ce n'est pas elle. C'est un cracker.

— Un cracker ?

Il soupire et je me sens stupide.

— Un hacker.

— Est-ce que je connais ce « quelqu'un » ?

La fierté transparaît dans sa posture droite et il se caresse le menton.

— Je ne pense pas connaître quelqu'un qui ferait une telle chose, mais sait-on jamais. Ça pourrait être 4chan, ou…

Il poursuit en citant un tas de groupes dont je n'ai jamais entendu parler.

Je regarde l'écran et je lis certains des messages.

Beaucoup sont de Steve. Pris en flagrant délit !

Un large sourire me fend le visage alors que j'éteins mon propre ordinateur et que je le passe à Josh.

— Merci.

— De quoi ?

Il regarde le plafond d'un air innocent.

Je me mets sur la pointe des pieds et dépose un baiser sur sa joue.

— Pour avoir contribué à rendre le monde un peu plus juste.

Mes clés cliquettent dans ma main quand je les lui tends.

— Voiture de société ?

— Ouaip. Tu peux prendre la Cacamobile et donner ta voiture à ma sœur quand elle commencera à travailler ici. Même si mon neveu, Jeffrey, serait déçu. Il veut à tout prix se promener dans « chette voiture de merde ».

Josh rit, puis déglutit, fort.

— Tu vas me manquer.

— Je ne vais pas disparaître.

— Mais tu ne seras plus là. Amanda et toi formiez un duo extraordinaire. J'ai besoin que quelqu'un se blottisse contre moi en hiver pour me tenir chaud.

— Carol est une grande fille comme moi. Tout se passera bien.

Nous nous étreignons.

Mon téléphone vibre. C'est Declan qui m'attend dehors, dans une limousine. Josh m'accompagne jusqu'à la porte d'entrée et lorgne mon moyen de transport.

— Mais de quoi est-ce que je m'inquiète ? déclare-t-il. Tu quittes cet endroit et la Cacamobile pour ça ?

Ma visite se termine par un sifflement admiratif et un high-five. Je me tourne vers Declan avec mon carton d'effets personnels, quittant le travail même qui m'a fait le rencontrer.

Des pneus de voiture crissent sur le parking à l'arrivée d'Amanda. Elle se gare sur deux places et se précipite vers moi. Josh se tient dans l'embrasure de la porte, bouche bée.

— Attends ! Stop !

À bout de souffle, elle se plie en deux et met les mains sur les genoux. Declan sort de la limousine et me prend le carton, m'adressant un regard curieux.

— Une urgence concernant une visite mystère ? Quelqu'un n'a pas réussi à livrer une commande au drive en moins de quatre-vingt-dix secondes ? plaisanté-je.

Elle est en larmes.

— Non. Je ne voulais pas manquer ton départ.

— Tu aurais juste pu m'envoyer un texto, dis-je lentement, en essayant de faire durer la plaisanterie, parce que si je ne le fais pas, je vais me dissoudre dans une flaque de larmes, moi aussi. Tu n'avais pas besoin de te la jouer à la Hollywood en te précipitant et…

Trop tard. Nous sanglotons. Deux bras forts et masculins nous entourent, Amanda et moi, puis nous entendons le gémissement de Josh qui pleure lui aussi.

— Ce ne sera plus pareil, se lamente-t-il.

Declan déboutonne la veste de son costume, croise les bras et s'appuie contre la limousine. Il lève les yeux au ciel.

— Ça va prendre quelques minutes, Gerald, dit-il au chauffeur par la fenêtre ouverte.

— C'est certain ! couine Amanda, en montrant mon petit ami d'un air indigné. Tu vas l'avoir avec toi pour le reste de sa vie. Et nous on ne l'a plus que pour quelques minutes.

— On va tous dans ce bar à tapas de Waltham à 19 heures ce soir, tu te souviens ? répond sèchement Declan. Tu penses pouvoir supporter de rester cinq heures sans voir Shannon ?

— Ce n'est pas la question ! s'étrangle Josh, qui s'essuie les yeux. C'est la fin d'une époque. Vous ne comprenez pas.

Declan acquiesce lentement.

— Vous avez raison. Je ne comprends pas.

Il m'adresse un sourire chaleureux et hausse un sourcil comme pour dire, *Mais qu'est-ce qui ne va pas chez tes amis ?*

— Il a raison, dis-je à Amanda et Josh, en riant à travers les larmes. Ce n'est pas comme si vous n'alliez jamais me revoir. On va manger des piments farcis au fromage dans quelques heures.

Nous nous reprenons tous les trois, nous nous embrassons une dernière fois, et ils entrent dans le bâtiment tandis que je monte dans la limousine. Je rejoins Declan qui m'attend.

Les bras tendus, avec les mouchoirs prêts.

Le trajet jusqu'à Anterdec implique beaucoup de sanglots et, heureusement, il ne lève pas les yeux au ciel.

— Je vais bien ! Et non, je n'ai pas officiellement décidé.

Depuis une semaine, Declan me harcèle pour que je lui dise oui et que je vienne travailler pour lui.

Et depuis une semaine, je m'obstine à lui répondre que je n'ai pas encore pris ma décision.

Mes conditions : une réunion avec James pour m'assurer que je peux supporter de travailler dans cette entreprise.

Dans l'esprit de Declan, l'affaire est déjà dans le sac.

Dans mon esprit, c'est une affaire en cours. Rien n'est décidé. Mettre toute ma vie émotionnelle et financière entre les mains d'un seul homme est un risque qui implique une confiance extraordinaire, et bien que nous soyons à nouveau ensemble et qu'il soit clair – si clair – que nous sommes faits l'un pour l'autre, je suis une pragmatique dans l'âme.

Avec quelques TOC. Ce qui est pratique quand il s'agit de gérer 34 985 détails pour des campagnes de marketing, mais pas aussi évident quand il s'agit de faire le saut de la foi en amour.

Travailler pour Declan, c'est travailler pour James, et je ne l'ai pas vraiment quitté sur une note très positive la dernière fois que je l'ai vu.

Je me suis à peu près remise et je suis relativement présentable lorsque la limousine s'arrête dans le garage privé d'Anterdec. Contrairement à l'entrée principale, il s'agit d'une section souterraine et tranquille du parking labyrinthique dont je ne connaîtrais jamais l'existence sans Declan.

Je le lui dis.

Il me regarde, les sourcils levés, et hausse les épaules.

— N'est-ce pas le but ?

Mon rire ressemble à des balles de ping-pong qu'on lâcherait sur un trampoline.

— Tu n'as vraiment aucune idée de la façon dont les gens vivent réellement.

— Ta mère va m'amener chiner tu te souviens ? Je demanderai à Jeeves d'érafler mes chaussures et j'oublierai de me raser.

Son prétendu accent britannique et sa mâchoire crispée me font rire de plus belle. Mes paumes sont moites, mon maquillage a depuis longtemps été effacé par les pleurs ou les baisers (je préfère de loin le dernier), et je me demande à quel point je dois paraître négligée.

Un rendez-vous avec James McCormick dans cet état de fragilité n'est pas l'idéal.

— Ma mère va t'amener fouiller les poubelles si tu ne fais pas attention, lui dis-je pour l'avertir.

Une véritable horreur se lit sur son visage.

— Quoi ? Oh je trouvais aussi que son poulet avait un goût un peu bizarre hier soir, dit-il d'un air dégoûté.

Je lui donne un petit coup. Nous sortons de la limousine et montons dans l'ascenseur.

— Elle ne récupère pas de nourriture. Elle va derrière les boutiques de fleuristes et les magasins de cartes et rentre à la maison avec une montagne de choses à ajouter à la montagne de choses du sous-sol.

Il s'arrête, me prend par les épaules, en me regardant fixement.

— Est-ce que tes parents ont des problèmes financiers ? Est-ce qu'ils ont besoin…

Je presse mon index contre ses lèvres.

— Le moyen le plus sûr de finir mort et de se décomposer dans un fût de 250 litres dans la tanière de mon père est d'offrir une aide financière à mes parents.

Il déglutit.

— Compris. Mais euh… fouiller dans les poubelles ?

— C'est un passe-temps. C'est ma mère tout craché. Attends trois mois et elle passera à autre chose. L'année dernière, elle avait été atteinte par la fièvre des coupons de réduction.

Nous montons quelques étages en silence et il se tourne vers moi avec les yeux brillants.

— La fièvre des coupons. C'est pour ça que tu as des centaines de déodorants dans les tiroirs de ta salle de bains.

Je lui fais un clin d'œil.

— Belle déduction.

— Je pensais juste que tu étais obsédée par le fait de ne pas avoir les aisselles qui puent…

— Elle devient folle quand les coupons de réduction sont triplés. Tu devrais voir sa réserve de lubrifiant.

Les portes de l'ascenseur s'ouvrent à cet instant.

Sur un James McCormick qui a clairement entendu mes dernières paroles et celles de Declan.

— Fais-lui accepter le poste, papa, annonce Declan, le visage impassible alors qu'il se penche et m'embrasse sur la joue.

Mes doigts cherchent son bras, mais il est rusé et échappe à ma tentative.

— Pas si elle sent des aisselles, plaisante James.

Nous marchons tranquillement jusqu'à la porte de son bureau où il se dirige vers deux énormes fauteuils à oreilles faisant face aux fenêtres.

— Je vous en prie. Asseyez-vous. Du café ?

Mes mains tremblent. Il n'est pas nécessaire d'ajouter une dose de caféine à cela.

— Non, merci.

Il s'assoit à côté de moi et se penche en avant, les avant-bras sur les genoux, les yeux perçants.

— Declan me dit que vous hésitez à prendre le poste de directrice adjointe du marketing.

— Oui.

— À cause de moi.

Ce n'est pas une question.

L'honnêteté est la meilleure carte à jouer.

— Parce que je ne veux pas être trop dépendante de Declan.

Il lève lentement un sourcil.

— Continuez.

Je hausse les épaules.

— Il n'y a rien de plus à dire. C'est aussi simple que ça. On est ensemble, et j'ai peur de mélanger les affaires et…

Je fronce les sourcils.

— La vie privée.

Il hoche la tête, se frottant lentement les mains l'une contre l'autre.

— Oui.

— Declan me dit que vous êtes bonne. Il s'éclaircit la gorge. Pour le marketing.

Il n'avait *vraiment* pas besoin de préciser. Maintenant, je suis gênée.

— Et il est prêt à prendre un plus gros risque que vous, Shannon. Je pense que vous devez prendre cela en considération.

Sa voix est dure, mais enveloppée de velours.

— Comment ça ?

— Pas professionnellement. Mais en choisissant de vous aimer. De rester avec vous. Peut-être de construire une vie avec vous.

L'amour.

— Il n'est pas avec moi par pitié, dis-je sans détour. Il ne m'offre pas une relation, ni un emploi, parce que…

James McCormick n'est pas du genre à s'étendre.

— C'est évident. Ce que je veux dire, c'est que Declan, qui a l'un des esprits les plus intelligents et les plus rationnels que je connaisse, a décidé que vous offrir son cœur valait le risque que vous ne soyez pas là pour le partager.

Une vague de froid me traverse.

— Qu'est-ce que ça...

— Pendant que vous tergiversez et prétendez ne pas savoir si vous devez accepter le poste, Declan vit son choix tous les jours. Il a déjà pris un risque bien plus grand que celui que vous prendriez si vous acceptiez le poste à Anterdec.

Je cligne des yeux.

— Prenez le poste, Shannon. Inquiétez-vous de ce qui arrivera plus tard. Vous ne pouvez pas passer votre vie à vous inquiéter de ce qui pourrait vous arriver, alors que vous avez déjà à vous inquiéter de ce qui arrive. Le chômage ne vous convient pas.

Ça, c'est bien vrai. Je me suis tellement ennuyée cette semaine que Chatounet a maintenant des ongles de pied peints et qu'on pourrait désormais manger sur le sol de la tanière de mon père.

— Pourquoi me pressez-vous de le faire ? Prendre le poste ?

— Vous rendez Declan heureux.

— Ce n'est pas suffisant.

— Parce que vous êtes la fille de Marie et que ça ressemble à un coup du karma.

— Toujours pas suffisant.

Il soupire.

— De toutes les femmes avec lesquelles Declan est sorti, vous êtes la première que je rencontre qui soit vaguement intéressante. Et stimulante. Je ne m'entoure pas de béni-oui-oui et je préfère également éviter d'avoir ce type de belle-fille.

Belle-fille.

— Par conséquent, je vous demande de prendre un peu de temps pour vous décider, et...

— Oui.

— Oui ?

— Oui.

— C'était rapide.

— Quand on sait, on sait.

James regarde par-dessus mon épaule et je suis son regard. Il observe une photo de sa défunte épouse. Elle est sur la plage avec leurs trois garçons. Je suppose que Declan a environ douze ans sur la photo, un appareil dentaire et une couche de graisse de bébé sur le visage qui indique que la longue période de puberté n'a pas encore commencé.

C'est une photo joyeuse. Heureuse, même.

— Oui, Shannon. Quand on sait, on sait.

CHAPITRE 21

Je passe les heures suivantes aux ressources humaines, occupée avec une succession de managers et de coordinateurs, sans jamais voir Declan. La directrice adjointe des ressources humaines m'a présenté les avantages sociaux et la proposition de salaire, et lorsqu'elle a vu les yeux me sortir de la tête devant le montant, elle a été assez polie pour ne pas me demander de les remettre en place.

On nous apprend à négocier pendant les études de commerce. Toujours. Mais lorsqu'on vous offre plus du double de votre ancien salaire et un ensemble d'avantages sociaux d'une valeur proche de celle d'une année de salaire, vous dites simplement merci, avec effusion. Je suis sûre que Steve dirait le contraire, mais Steve peut aller se faire voir.

Mon téléphone vibre pendant que je signe les papiers. Ma mère. Je m'en tiens à l'écrit.

Ça va ? m'écrit-elle. Besoin d'une intervention chocolat ?

Négatif. Je signe mes documents d'embauche à Anterdec.

Le téléphone sonne.

— Tu viens toujours à mon cours de yoga samedi, hein ? Avec Declan.

— Tu ne peux pas te servir de lui pour vendre plus de places dans ton cours, maman. Ce n'est pas une bête de foire comme un avaleur de sabre ou une femme à barbe.

Elle fait un bruit désapprobateur.

— On a déjà ça en stock ! Et Corrine essaie d'y remédier avec l'électrolyse, alors arrête de te moquer d'elle.

— Ce n'était pas le cas !

La coordinatrice des ressources humaines qui m'explique mon régime d'assurance maladie revient avec ses photocopies.

— Je dois y aller.

— Félicitations, chérie ! Combien tu vas toucher ?

La coordinatrice prend ma tasse à café vide et fait des gestes, me demandant si j'en veux plus. J'acquiesce.

— Shannon ?

Je révèle à ma mère mon salaire.

— Tu gagnes plus que Jason ! s'écrie-t-il.

— Il va se sentir émasculé ? demandé-je, inquiète.

— *Pfff.* Si cet homme a pu rester marié avec moi pendant près de trente ans, il peut gérer ça. Ton père n'est pas branché émasculation. Enfin, pas en public, en tout cas.

— Maman, grogné-je.

— Bien, bien. Je vais préparer un dîner de fête ce soir ! Invite Declan ! On va jouer à Cards Against Humanity et je sortirai les nouvelles bougies que j'ai trouvées dans la benne à ordures.

— La belle vie !

— Je suis si fière de toi, Shannon.

— Merci, maman.

La personne des RH revient et après deux heures supplémentaires, j'ai un badge avec ma photo, une date de début et... toujours pas de trace de Declan.

Bzzz.

Retrouve-moi à la limousine, m'écrit-il.

La réceptionniste me guide vers l'ascenseur de droite et je le prends, complètement vidée. Mais c'est une fatigue heureuse. Le genre d'épuisement que vous ressentez lorsque tout votre paradigme sur votre façon de vivre a changé.

Les portes de l'ascenseur s'ouvrent et Declan est là, tenant dans ses bras deux EpiPen et une douzaine de fraises à longues tiges recouvertes de chocolat (un mélange de chocolat noir et au lait, bien sûr).

Et il arbore un sourire qui fait bondir mon cœur hors de ma poitrine.

— Shannon Jacoby, acceptez-vous d'être ma directrice adjointe du marketing tant que vos actions vous seront versées ?

— Oui, je le veux.

Il m'embrasse avec une liberté et un abandon qui font disparaître le monde.

Et je jurerai que quelque part, ma mère frappe une cuillère contre un verre de vin, le doigt prêt à composer le numéro du country club de Farmington pour réserver une date en 2016.

Que quelqu'un apporte des sels à la mère de Steve. Et une dose pour lui aussi.

SHANNON ET DECLAN SONT ENFIN ENSEMBLE POUR DE bon, mais leur histoire continue dans *Un Milliardaire pour Noël sinon rien,* qui se déroule environ six mois plus tard.

Lorsque Shannon est appelée au centre commercial pour travailler comme lutin sexy, son petit ami milliardaire, Declan, est contraint de jouer les pères Noël. Les mères du centre commercial commencent à tweeter des photos, et bientôt tout le monde s'entasse dans le centre commercial pour s'asseoir sur les genoux du père Noël.

Découvrez la suite des aventures de Shannon et Declan dans *Un Milliardaire pour Noël sinon rien* !

À PROPOS DE L'AUTEUR

Auteur sur la liste des Meilleures Ventes du New York Times et d'USA Today, Julia Kent s'est tournée vers l'écriture de romances contemporaines après avoir décidé que la vie était trop courte pour ne pas prendre de plaisir. Elle écrit des comédies romantiques avec quelque chose en plus, et des livres pour adultes qui repoussent les frontières contemporaines. Que ce soit des millionnaires, des femmes bien en chair ou des rock stars, Julia trouve un bonheur loufoque et sensuel dans chaque livre qu'elle écrit, mais à la différence de Trevor dans Actes Aléatoires de Démence, elle n'a jamais embrassé de poulet.

Elle adore avoir l'avis de ses lecteurs par email à jkentauthor@gmail.com,

sur Twitter @jkentauthor,

et sur Facebook https://www.facebook.com/jkentauthor

Visitez son site internet http://www.jkentauthor.com

Inscrivez-vous à ma newsletter pour tout savoir des parutions et des promotions, sur https://geni.us/FRJKnl

www.ingramcontent.com/pod-product-compliance
Lightning Source LLC
Chambersburg PA
CBHW030633190726
48286CB00008B/2503